かそけきもの

白洲正子エッセイ集〈祈り〉

白洲正子
青柳恵介＝編

角川文庫
19245

かそけきもの

目次

お祈り　6
日本人の心　17
木まもり　24
仏になって描いた絵　27
西国巡礼の祖　花山院　32
補陀落渡海　平維盛　46
神仏混淆　59
志摩のはて　66
一期一会　71
日本の信仰　77
西国巡礼の旅　85
あかねさす　紫野　88
沖つ島山　105
神々のふるさと　123
熊野詣　144
心に残る観音像　161
葛城山をめぐって　170
西行のゆくえ　182

甲斐の国　187
なんとかなるサ　213
お水送り今昔　219
私の墓巡礼　223
竜女成仏　237
手を合わせる　246

解説「かそけきもの」　青柳恵介　247

図版作成／リプレイ

お祈り

「天にましますわれら等の父よ、願わくは御名の崇《あが》められんことを。御国の来らんことを。御意の天のごとく地にも行われんことを……」

これは、クリスチァンでなくとも、誰でも知っているところのお祈りであります。また、

「南無阿弥陀仏」

てっとり早い所でこれも一つのお祈りの仕方です。只この妙《たえ》なる六字を称えただけで、あらゆる人は極楽へ導びかれると言います。また、「南無妙法蓮華経」と唱えるも同様ですし、アラアにささげるアラビア語のお祈りもあります。

宗教が、こういう工合に一つの型をつくって我等にしめしているのはまことに便利なことです。何か手がかりがない事には、私達はほんとに困ってしまいます。具体的に神をあたえないかぎり、宗教には何の意味もなく、実際に方法を教えないかぎり、人は神にじかに物を申上げるすべを知りません。

人はお祈りをささげながら、何か別のことを考えては居りません。邪念が入ったのでは、それでは祈っていることにはならないのです。身のまわりのあらゆる出来事、――かりに自分をよりよき物にしたいというねがいがもとにあるにしろ、それさえ忘れなくては真の祈りとは言えません。それも一つの慾に違いはないでしょうから。

そういう風に、わが身も心もささげつくして、すべてを忘れ、すべてを神様におまかせする、――お祈りとはそうした物をいうのです。たった六字の称号でも、そう思ってつくづく考えてみれば、何というむずかしい行為でありましょう。

神に祈る姿は、世の中で最も美しいものの一つです。どんな無智な人でも、一心不乱に祈る時は、いかなる聖者にも劣らぬ、犯しがたい美しさにあふれます。もしかすると、寒夜に太鼓をたたいている田舎のおばあさんの方が我々よりはるかに神様に近いのではないか、などと思う時もあります。彼等は、まるで犬に一人の主人しかない様に、日蓮上人の信仰を通じて、仏というただ一つの存在しかみつめてはいませんん。それだけがたより、――生きる為にただそれだけが必要なのです。そして、死んだらうたがいもなく極楽に行けると信じ、安心し切っています。安心出来るという、これ以上の強味は人間としてない筈です。

それにひきかえ、私達の何というこのたよりなさ。極楽も地獄の話もただ馬鹿馬鹿しいばかりです。日蓮上人は偉いには偉いが、あれは一種の気狂いではないか。バイブルには、まことしやかな奇蹟が沢山書いてあるけれど、めくらの目がいきなり開いたり、瀕死の病人が立上ったり、水の上を歩いたりするのは、有り得べき事ではない。しまいには当然の成行として神を否定しないわけにはゆかなくなります。神もそして自分も信じることは出来なくなり、大そうたよりない、溺れるものは藁でもつかむといった様なみっともない恰好で、いたずらに他人に救いをもとめる次第となるのです。私達はまるでめくら鬼をしているみたいなものです。鬼となった時のあのたよりない気持、あれが現代のいわゆるインテリの精神そのものであると言えましょう。

いつのまにかわが日本には、信仰というものがまるで姿を消した様です。昔の人たちは、たしかに一人一人が何かの形で神を信じていたのですが、いつの頃にかそういう習慣はなくなってしまいました。それはどこの家にも仏壇や神棚はありましょう。けれども、それは単なる形骸、それ程でなくとも僅かに形式的の名残りをとどめているにすぎません。天照大神も、釈迦牟尼仏も、戦争中こそやかましく云々されましたけれど、神風と云った様な御利益がなかった為に、今では多少うらまれている形です。しかし、人をうらむより我をうらめです。神風なんて愚にもつかないもの、しこうして神聖なるものを、おそれ気もなく祈ったその報いが今や我々の上に天からくだったのです。

教養の為に、教養について考えるというのも似た様なしわざです。そんな物は自然について来るもの、――信じさえすれば、祈りさえすれば、神様は私達の前に姿を現す。

たったそれだけのやさしい、そしてむつかしい事なのです。

世の中に、神や仏より美しいものは存在しないと私は信じます。無智な人でも、その祈りの姿が美しいのは、神の国へジカに通じているという、一種の共通点があるからです。又奈良の仏像の群がたとえようもなく美しく思われるのは、無論そのモデル、――彫刻家の夢みた仏の姿が美しくあったからにきまっていますが、それ程美しい仏をみた作者の信仰の力がいかに烈しく、いかに強いものであったかに思いを及ぼさずには居られません。そういう意味で、私は、東西を通じて、宗教画とか神や仏の彫像が芸術として最高の物であると思います。ギリシアの彫刻をお思いなさい。藤原時代の仏画の数々を思い浮べて御覧なさい。今や私達には、あれだけの大きさと美しさを持つ芸術は世界中一つとしてありません。人々はたしかに利巧になりました。しかし、花や景色は描けても、人間の姿は刻めても、神仏の像《すがた》はつくるにはつくってもいかにも貧弱なものばかりです。けれども、がっかりするには及びません。還らぬ昔をおもってみても始まりません、我々は又別に、別の方法で、神をみる事が出来るのです。

どんなに美を解さない人でも、人間と生れたからは、ほんのちょっとした折ふしに、必ず心に触れる何物かがある筈です。ほんとうに、「ああ、いい」とため息を洩らす程の物に触れた時、――たとえば夏の夕焼の空とか、白雪にきらめく冬の山とか、自然の現象のみならず、人工をきわめた絵や彫刻、詩歌散文、何でも構いません、――思わず手を合せたくなる、その気持こそ何よりも大切にしなくてはならないと思います。いいえ、その物は忘れたって構わない、無理に覚えて居なくともいいのです。一度身にふれたその体験によって、たとえ頭は忘れようと、もうもとの私達ではないでしょうから。

おそらくどんな人でも、そういう経験がない人は居まいと思います。一つの経験は、また次の物に触れた時、まざまざとよみがえって来ます。ちょうど、ふとした事から音楽の一節とか枯草のにおいとか香のかおりとかが、いきなりすべてを何年か何十年か前の、その時その所その私に還してしまう様に。それは思い出と名づける様な悠長なものではありません。もっとあざやかに、もっとひしひしと、私達はまさしくその時を再び生きているのです。

それはまたたく中に消えてしまいましょう。が、度重なる中に、次第にはっきりした形を備えてゆき、ついに私達はれっきとした存在を信ずるまでに至ります。その体験は数をまし、その形はますますあざやかな輪郭をあらわしつつ、大きく美しく育ってゆきます。ふつう経験といわれるものは、度重なるにつれて馴れてゆくものです。しかし、これは別です。これはその都度まったく同じものでありながら、しかもその度に、まるではじめておこった出来事の様に、新しく、めずらしく、あらためて私達はびっくりするのです。それは古い古いものであるにも関わらず、しかも驚くべきあたらしさです。若さです。そういうものを、芭蕉は「不易」と名づけました。世阿弥は「花」と言いました。又ある人々は「つねなるもの」あるいは「永遠の美」と呼んだりします。これ等は皆一様に、変らぬものの美しさという意味であります。

神にじかに物をいうのですから、祈りというものは、神を招くわざであると言うことも出来るかと思います。昔の物語には、物の怪のついた病人に向ってお祈りすると、その生霊とか死霊とかいう物が巫女の上にとりつき、神がかりとなって色々の事をしゃべりだす、という例がいくらでもありますが、これもあきらかに祈りである事に変りはありません。それは、加持の僧も、病人も、王女も、みんな揃って物の怪の存在を信じきっているからです。信じているからこそ、かような奇蹟も行われるのです。

今の私達は病気になったからとて、お祈りだけではそう簡単にはなおりません。むしろ悪くなるのがせいぜいです。しかし、科学的に証明されれば、てんから信じこんでしまいます。他愛もなくころりとまいってしまう、その点、平安朝の無智なる人々とちっとも違いはないのです。

お医者様に言わせると、利く薬という物はほんの片手で、数える程しかないと言います。あとは毒にも薬にもならない、重曹とか健胃剤の様なものでお茶をにごしておく。そんな物がなぜ利くかと云えば、医者という人間を信用しているからです。そして、医学という科学を信じ切っているからです。何れにしろ、病気はなおればいいんです。ですから、精神の病気にとって、神や仏、即ち宗教ほどのいいお医者も又ないのです。

どうやら私は、「お祈り」という物を書くには書きましたが、たえず外側からのみ観察してばかりいるようです。祈りの姿ばかりを列記したところで始まらない――そう思って私は此処にある一つの、あきらかに「お祈り」であるものを書いてみようと思います。

小林秀雄さんの、『歴史と文学』という著書の中に、「オリムピア」と題する短い、しかし非常に美しい感想の一節があります。

長い助走路を走って来た槍投げの選手が、槍を投げた瞬間だ。カメラは、この瞬間を長く延ばしてくれる。槍の行方を見守った美しい人間の肉体が、画面一杯に現れる。右手は飛んでゆく槍の方向に延び、左手は後へ、惰性の力は、地に食い込んだ右足の爪先で受け止められ、身体は今にも白線を踏み切ろうとして、踏み切らず、爪先を支点として前後に静かに揺れている。緊張の極と見える一瞬も、仔細に映し出せば、優しい静かな舞踊である。魂となった肉体、恐らく舞踊の原型が其処にあるのだ。

これはオリムピック競技を高速度写真でうつした、槍投げの一場面の、その又描写でありますが、以上の文章にすぐ又次の言葉がつづきます。

しかし考えてみると、僕等が投げるものは鉄の丸だとか槍だとかには限らない。思想でも知識でも、鉄の丸の様に投げねばならぬ。そして、それには首根っこに擦りつけて呼吸を計る必要があるだろう。

私はこれを前に「能をみる」という随筆様の文の中にひきました。そして、あの静かなお能というものは、いわば早い動作を高速度写真でうつした様な物であり、したがって舞踊の原型とも称すべきものである、更に、その間の状態が何に一番近いかと云えば、「祈り」に似たものである、とつけ加えておきました。

約一年を経た今日、私は更にもっとつけ加えたい衝動にかられます。みるという事について。——

既に私は、祈りは神を招くことであると書きました。又、昔の人は信じたが故に神をみたとも書きました。

今、私達にとって、芸術の鑑賞とやらが、教養の上に、一つの流行をきたしています。これは言うまでもなく、絵や彫刻をみることです。又、文学を読み、音楽を聞くことです。しかし、上野の美術館にどれ程人が集っても、その中でほんとうにみている者はそも幾ばくぞ、と聞きたくなります。そのごちゃごちゃした人込の埃の中で、何が鑑賞だ、という人もあります。しかし、そんな事は問題ではありません。環境といわれる物は、周囲の状況ではなくて、自らつくり出すべき状態、我々人間の在りかた、であると思います。それはさておき、——

　神に祈れば神の姿がみられるものを、芸術の姿がみられぬ筈はありません。鑑賞とは観察でもなく道楽でもなく、勿論教養の為でもなく、芸術をほんとうにみる事ではありませんか。そしてその唯一の方法は、神に祈るが如く、自我を滅して、無我の三昧に入ることではないでしょうか。

　オリムピックの選手が、「踏み切ろうとして、踏み切らず、爪先を支点として前後に静かに揺れている」その姿はあなたがお祈りをなさる、その時のあの気持に、何と似てはおりませんか。「首根っこに擦りつけて呼吸を計っている」あの槍投げの選手は、神様に一心こめておねがいする、緊張のあまり息もつけないその瞬間に似ては居ないでしょうか。

　お能やヴァイオリンは尚更のこと、ゴルフやテニスに至るまで、球がラケットにあたる、その瞬間、あなたは何を考えますか。球はあなたであり、あなたは球にはならないでしょうか。はじめて習う時には、まず、「球をみろ」と口をすっぱくして言われる筈です。見ないと不思議に空ブリします。こんな正直な事実はないではありませんか。こんなはっきりした証明はないと思いますけれど。

しかし私は知っています。テニスの選手やゴルフのプロが、まるでよそ見をしながら、しかも完全なショットを打つことを。立派な人間のチャムピオンが、すばやく相手の心の中まで見ぬくことを。球をみる事或は自分が球と化することは、身につけばそのまま日常茶飯事となるに相違ありません。緊張する事とかたくなる事はぜんぜん違います。何万という見物人を前にしたからとて、槍投げの選手が馴れた運動にかたくなるわけはありません。ただ、ピタリと焦点があう様に、或は又、急激に水が氷と化する様に、瞬間にして、透明な結晶体の精神の持主となれるのです。ただ未熟な者だけが、その時にあたって、突如として息をのむ圧迫感におそわれるのです。若い者に余裕がないのはあたりまえです。むしろそれ故に美しいのです。それこそまことに「若さ」であり、それでこそ洋々たる未来が約束されていると言う事も出来ましょう。反対に、若いくせに老熟を真似て、さも余裕ありげな態度をしてみせる事もつつしまなくては、と思います。

未熟な者と書きましたが、実はいかなる名人と云えども、同じ程の圧迫をわれとわが身に感じることに変りはありません。が、さてそのあやうい一点に、——爪先を支点としてかろうじて全身をささえているその形に、平然としてこたえて居られればこそ名人名手のねうちもあるというものです。あたかも日常茶飯事の如く安心し切って居ればこそ、高速度写真にうつした場合、「優しい静かな舞踊」の如き優美な美しさと現れ、科学的に、その動きがうつし出されるのです。そうして私達は満足します。何しろ相手は文明の利器なのですから。

しかし、スポーツなればこそ、写真にもうつせましょう。が、芸術、それから宗教ともなると、まだ今の所では、写真にうつして疑いの雲を晴らすまでに進歩しつくしては居りません、……幸か不幸か。

もし私達がほんとうに注意してみるならば、芸術の上にもかくの如き状態がありありと現れる筈です。一つの絵なら絵の上に、ちょうど肉体の運動と同じ様な、精神のゆらめきがよみとれる筈です。祈りの姿が美しいと言いましたのは、そういう意味においてであります。精神の末端が、やさしい静かな舞の様にゆらゆらとゆれ動いている、それを美しいとみたのです。

美しいものは若いのです。美しいものはつねにあたらしいのです。美しいものに触れて驚く、その精神は新鮮です。それは時間を超越した、年齢の差別すら存在しない、まったく別の世界をかたちづくります。ああ、
天にまします我等の父よ、願わくは御名の崇められんことを。……


（『たしなみについて』雄鶏社、一九四八年）

日本人の心

一

卜伝《ぼくでん》の歌のように、

もののふの学ぶ教へはおしなべてそのきはめには死の一つなり

武士は必ずそうあるべきであり、又そうあればこそ兵隊さんも今目のあたり見る如く強いのであるけれども、現実の行動に表すばかりでなく、精神的にも日本人は男女を問わず皆一貫したそういう根強いあるものを持っている。

自分でそうと気付かないまでも又傍からそうとは見えないでも、たとえば春の日に暖められ雨の恵みにふれなければ萌え出る機会を持たぬ早蕨のように、――と書きながら私はぼんやり窓の外を眺めている。

「日本人の心とは何ぞや」とくり返しくり返し、頭を叩いたり膝をつついたりしている中に、この有ると云えば有るが如く、無しと云えば無いものと追かけっこをしているのがいやになって来た、――この心の底にはあまりにも尊く大切で大切でたまらないこのものを、つまらない私の様な者がむざむざと思想上のおもちゃにして了《しま》うのがいやなのと、とても廻らぬ筆で言いつくす術もないこのものを間違いにも曲りくねって人にとらえられるのもいや、――という気持になったからで。

ふと窓の外に目をうつせば、其処にはこの世の戦も知らぬげな蕨のひと本ふた本、そのもたげた首は、人も知らじとひそかに咲いた菫の上に物言いたげに覗きこんでいる……

戦も知らぬげな、とうっかり書いて了ったものの、このささやかな蕨でさえ菫でさえ、厳しい冬の戦、それももしかすると人間には堪えられない程の戦を経て来たのではないかしらん、などと思いはいつしか自然のものの上にはしる。

しかし古の人の、「生きとし生けるものいづれか歌をよまざりける」と言ったのも、私と少しも変らぬ人間の、しかも同じ日本人ならば、今私が蕨や菫のささめごとに耳をすます事も、それも日本人の心を持てばこそ。

歌人ならば今この瞬間に歌にもよもう、詩にもうたおう。絵かきならばこの可憐ながらも長い冬の戦にうち勝った凜然とした姿を紙にうつそうものを。

この穏かな日本の春。照るかと思えば曇り、又ある時は雨にかすみ、しかしそれも束のまで花はまたたく中に咲きかつ散り、緑の林に夕立がすぎるかと見れば澄み渡る空に映える紅葉のまばゆさ、その落葉を踏んで栗を拾ううちにも霜柱はたち、やがて雪に研ぎすまされた冬の月。

この目まぐるしさは日本人を只いたずらに春風駘蕩の中にはおかず、鋭敏な心の持主にそだてあげた。

二

この自然の子である日本人は、上に恵み深い太陽の如き天照大神をいただき、そのあわただしい自然のゆき来に驚いては変りゆくものに対するあきらめを知り、ひいては不変の世界に限りないあこがれをよせ、ともすれば自分が置き去りにされがちの周囲のものに身みずからを空しくしてその中に飛び込んで行く、又必ず行ける、という事に確信を持つ事をおぼえた。

それ等の宗教と切っても切れぬ糸につながれる芸術は、例えば彫刻に於て人の身体をうつすにしても、その人間の生れたままのおのずからなる姿をうつそうが為に、けがれを知らぬ童心の笑みをたたえた仏像をつくる。

絵はそのままに克明な写生に浮身をやつしていては、この自然の動きの烈しい力と、同時にあまりのはかなさに茫然となり、終にだまって了う事の賢明である事に気づいた。即ち画かぬ所に画く、という天才的な方向にはしったのである。

又その色においては、霞や霧を通してみる原色ならぬ「日本の色」の複雑さに、絵の命とも思われる絵具を捨てて極端にも墨絵を発明したりした。

文字もこの例に洩れず、しつこく、何所までも追及するかわりに、千万言の言葉をつらねても結局言いつくせないものとあきらめて、僅かにそれとにおわせる程度にとどめて、読む人それぞれの思いのままに想像させる余地を残す様にした。あたかもそれは作者が読者にある一つの問題を出し、人はその問に答えるたのしみを味うのである。

それは芸術家対鑑賞家の間にある対の字のかわりに即の字を置く事であって、ひとつの芸術の完成はこのふたりの間においてとげられるというのがあらゆる日本の芸術の目ざす所であると思う。

お能を作った世阿弥は、「でき場を忘れて能をみよ。能を忘れてシテをみよ。シテを忘れて心をみよ。心を忘れて能を知れ」と言って、ひとつの問題を鑑賞家にあたえた。

この最後の、「心を忘れて能を知れ」という言葉と、「そのきわめには死のひとつ」とどこにどういう違いがあるだろう？　と私も真似をしてひとつの問題を読者に提供したい。

この能はもはやお能の演出などと云うまだるっこいものではなく、お能の中の一番大事な真実の能である。その真実の能をつつんでいるお能の演出は、それは今の此の戦争の為に何の役にも立ちはしない。しかしその中にあるものは？

三

「日本人の心」とやらよばれるものはともすれば神棚の上に祭りあげたくなる。又其処にもあってよいものであるけれども、一度奥深く祭りあげるや今度は億劫になって了ってやたらに身につけて持ち歩くわけにゆかなくなるその心を何処においたらいいだろう？

沢庵和尚は「心を臍の下におしこんで外にやるまじとすればやるまじと思う心に心をとられて殊の外不自由なことになる。何処にも置かねば我身一杯に行き渡っていつでも好きな時に間に合う。だから心というものは総身に捨ておくにかぎる」という意味の教えを残した。私もこの教えに従って、この私の「日本人の心」を心のままに捨てておこう。

宗教となり芸術となった「日本人の心」を今私が住んでいる田舎の野にはなつ。私は野原に寝ころんで、長さんのおばさんがまったく無心で煙草の火を手のひらにころがし乍ら言う言葉に耳をかたむける。

「奥さん、人は目で物を見ているけれどあれは只ウツルだけで、心でみるまでほんとに見たとは言えないねエ」と。

又ほの吉さんとよぶ八十に近いおじいさんは、朝ごとに露のおいた花を届けてくれる。御礼を言うと、

「なんのなんの奥さん、わしは人を喜ばせようと思って花をやるんじゃねエ。朝起きるとあんまり好い気持で、それもこんなに丈夫なお蔭でさア。そう思うと何だか嬉しい様な気になってつい花のひとつふたつ切りたくもなる、というものサ」

と如何にも愉快げに歯のない口を開けっぱなしに笑う。ほの吉じいさんはこの春家の裏山の草を刈ってくれた。刈った後を見に行ってみると、余す所もなく綺麗に刈った中に、春あさく咲きそめた春蘭のかぶを丁寧に刈残してあるのに気がついて私は実に有難く嬉しく思ったことであった。

田夫野人に至るまで、日本人なればこそ、と思う事を此処にあからさまに示されたのが有難かったのと、又人の言う文化とは正にこれである、と思ったのが嬉しかったので。

この心を持つ程世にたのしいものはない。だから人は、日本人はもっともっとたのしくあっていい筈だ。この心さえあればどんなに埃にまみれようとどれ程苦しい目にあおうと、淋しくも辛くもない。

「日本人の心」とは、世界中何処にでも自由自在に行けるもの、しかも人がとろうとしてもとれないもの、時によっては命にかえても惜しくはないもの、それ程大切でありながら野にも山にも戦場にも工場にもざらにあるもの、お金で買えない程贅沢で真の意味での貴族的なもの、そうかと思えば蕨や菫にもひとしいもの、……（後は読者におまかせする。）

（「東京新聞」一九四四年六月二日、三日、五日）

木まもり

私の住んでいる村は、近くに柿生という名称もあるくらい、柿の木の多い所である。秋も末になり、葉も落ち、実もとりつくされた頃、ふと見上げるとあらわになった木の天辺にとり残された柿が一つ、真赤に熟れている。あの木にも、この木にも残っている。が、実はこの柿は忘れられたのではない、木まもりといって、全部とりつくした後に一つだけ残しておくのである。

私は農村のそういう風習が好きである。それは、自然に対する一種の礼節ともみられるし、また、あの枝ぶりは面白いがごつごつした柿の木が、実も葉もふるい落としたあとはさぞかし淋しかろうと、想像した人間の優しい思いやりのようにも見える。案外、それは都会人の感傷で、来年はもっとならしてくれというおまじないかも知れない。そんなことはどちらでもよい。ただ寂寥とした景色の中に、小さな木の実がぽつねんと空を眺めている、そういう姿が私の心をひくのである。

私達が田舎にうつり住んではや十五年になる。戦争という大事件をはじめ、その間には平和な村にも色々なことがあった。今までに経験しただけのことをしっかり身につけたら、どんな人でも大したものになっただろうが、そうは行かない所が人間の愚かさというものであろう。国破れて山河ありというけれども、変らないのは自然だけではない。ある農村の青年は、出征して、見違えるような将校になって帰って来た。することなすこと、以前とは違う。戦争に負けても、何人かこういう人間が造られるなら、そう落胆するにも及ばない、と希望を持たせたのは数ヵ月で、みるみる彼は堕落して行った。はては飲んだくれた末に死んでしまったが、毎日の労働のくり返し、単調な農民の生活が、彼を形づくっていた規律、名誉心、生命の危険なぞから解放するとともに、解体させたのであろう。またある青年は、封建的な父親に反抗して家出をした。真面目な若者だったので、よほど思いあまった末の行動であろうと、ひそかに同情もし、喝采もしていたが、親類が迎えに行くとあっさり家へ帰って来た。田圃で出合うと、

「やっぱり俺がいねえと、農繁期に困るもんでヨウ……」とけろりとした顔付きでいう。が、その明るい笑顔がどれ程の苦痛をかくしていることか、やがてその苦痛がいやされた頃には、彼もまた父親と同じ人間になっているのではないか、と思うことは私の気を滅入らせる。彼等の上に、自分の顔を見るからだ。気がついてみると、私も、同じような笑顔でもって彼に答えている、「そうね、あなたがいないと、大変ですものね」この

嘘がなかったら、一日も、他人とは附合って行けないに違いない。自分自身とさえ折合えないにきまっている。

チェホフの小説に都会の人が一時的な感激から田舎に居を移し、根が善良な人達なので、色々農民の為につくし、彼等と親しもうとするがどうしても巧くいかない。ついに失敗に終って引上げてしまうが、その家を買って引越して来た新しい住人は、今度は門を硬く閉ざして絶対に附合わない。その為反って巧く行ったばかりか大変尊敬された、というのである。私達も引越した当座は同じおもいをした。いわば善人同士が鉢合せをしたのである。そうかといって私は、後者の真似もしたくない。チェホフは小説の中の農夫にいわせている。「何て訳はねえんでがす。ただ、辛棒して下せえまし。そうすれば何もかも巧く行きますだ」と、まことにそうしたものであろう。それには十五年の年月でも短かすぎるとおもう。

私は、この頃、自分の身体から、葉が一枚一枚落ちて行くのを感じている。年の故であろう。だが、私の木まもりは未だどこにも見つからない。それは人間が柿の木にそっと残しておくように、辛棒していれば神様が最期に与えて下さるものだろうか。

（初出不詳、一九五七年）

仏になって描いた絵

工芸作家の柳悦孝《よしたか》氏をおたずねしたとき、おへやのすみに一枚の絵がかかっていた。半紙ぐらいの大きさに、桜とおぼしき花が一面に描かれており私がすわっている所からはよく見えなかったが、妙に人をひきつけるものがあって、気にかかってならない。が、初めての訪問でもあり、ほかの用事を持っていたので、言い出しかねていた。

やがてお話が済み、おいとまするときになり、がまんし切れなくなってそばへ寄ってみた。近くで見ると、いよいよ美しい。太い幹から出たたくましい枝が、こぼれんばかりに花をつけ、よく見ると安物のクレヨンで彩色されているらしいが、その色がまたたとえようもなくあざやかだ。単純そぼくなところは、子供の絵に似ているが、子供にはない力強さがあり、山下清の放心的な美しさとも違う。底抜けに明るく、はなやかではあるが、何事か一心に祈りつづけているような気配が感じられ、満開の桜は桜でも、たとえば老木が最後の力をふりしぼって精いっぱい咲いたというようなものがある。

「いったい、だれです。こんな絵を描くのは?」

「いいでしょう。沖縄に住んでるおばあさんで、もう八十近い人ですよ」

なるほど、沖縄の人か。そういえばこんなみごとな桜は内地にはない。とわかったようなわからぬようなことに感心して、そのときはおいとました。

ところが、忘れられない。寝てもさめてもそのあざやかな色と形が目に浮び、日がたつにしたがって印象は強まるばかりである。私の経験では、見た当座は感動しても、すぐ忘れてしまうようなものはたいしたことはない。長い間忘れられないのは、必ずいいにきまっていると、勝手な理屈をつけ、これが私の悪い癖なのだが、いつかはせしめてやろうと心ひそかに思っていた。

ある日、弟さんの柳悦博《よしひろ》氏が店へ見えたので、そのことを言うと、聞いてみようと引受けて下さった。家へ帰ると間もなく電話がかかって来た。ちょうどそのおばあさんが、靖国神社へおまいりに上京しているとかで、絵もたくさん持っている。悦孝さんがあずかっているから、もし見たいならいつでも、ということであった。

間がいいとはまさにこのことだろう。さっそく翌日うかがうことにした。柳さんご兄弟と、それからご親類の村田さんと、——あとで聞いた話によると、この方が石垣島へ行かれたとき、偶然彼女に出会われたということだ。

絵は二十枚近くあった。例の画用紙に、有り合せのクレヨンやマジック・ペンを用いてあるが、花鳥、お墓、漁船などの南国風景で、どれ一つとして捨てがたい。そしてどれにも同じ祈りがこめられているようで、ながめていると、そのなんだか知れぬ強い力に吸い寄せられそうな気持になる。

ふしぎな絵ですね。異口同音にそうつぶやいたが、こうしてたくさん並べてみるとよけいその感が深い。中に一つ、太い松の木を描いたのがあって、私はそれをいただくことにしたが、濃い赤の幹に水色の葉が天へ向って燃えあがり、くねった枝は何事か訴えようと身もだえしているように見える。が、一つ一つの葉の末にまで生命がみなぎり、画面全体が輝いているのは、とても八十の老婆の作とは思えない。こんどの絵には讃があり、左のすみに「わがやのひかり、へいわはくニ（に）のひかり」と書いてあったが、村田さんのお話によるとおばあさんはごく最近字を、覚えたそうで、ほとんど全部の作に、サインのかわりに平和とか光という文字が平がなではいっている。

だが、欲ばりな私は、もう一枚ほしくなった。二本の木に、二匹のハブが巻きついている薄気味のわるい絵なのだが、この方にはたどたどしい字で次のようなことが記してある。

「このえお（を）かくときは、ほとけになって、かきます。このよお（を）すてて、やすらかのきもちになってかきます。……わたくしはむがくです、けれども、このとしになってえお（を）かくようになったのも、わたくしのちょなん（長男）、ぢなん（次男）がうせてう（お）ります。母フニなつかしです」

すべてのナゾはとけた。はるばる靖国神社におまいりに来たわけもわかった。村田さんにうかがうと、二人のむすこが戦死して、一人ぼっちになったとたん、彼女は突然絵を描きはじめた。そしてたのしい時は筆をとらないが、つらい時には憑かれたように描きとばすという。二匹のへびはその執念のように、青ハブは赤い木に、赤ハブは青い木に、まつわりついて離れない。桜の魅力も、松の根性も、おもえば同じものの表現であったのだ。平和とか、光ということばも、このおばあさんにとっては特別のひびきを持つのだろう。

このようなものが、はたして絵と呼べるかどうか、私は知らない。が、彼女は画家である前に、まず何よりも詩人である。芸術家と称する人びとが、そういうものを失いつつあるとき、絵画以前の魂にひかれてもなんのふしぎもないだろう。ふしぎなのはそういう人間が存在するということだ。たしかに、彼女が描く木も草も、がっしり土に根をおろしている。

写真でみると、ごく平凡な、いなかのおばあさんである。変ったところも、おもしろいところもないという。目下のところ、りっぱなものになって、有名になるのが望みらしいが、それをとやかく言うのは間違いだろう。りっぱな人、すなわち有名と、きわめて単純に思いこんでいるにすぎない。そして、そういう夢と、かずかずの悲しい経験が、つもりつもってこのような絵を描かせるのであろう。「ほとけになって、かきます」のもほんとうなら、俗人の欲望も真実に違いない。子供の作品と違うのはそこの所である。こういう人間は大切に扱わねばならない（だから名前もあげなかった）。もてはやされると、たちまちだめになることを、私たちはあまりにも多く見すぎて来た。本来なら、書くべきではなかったかもしれないが、柳さんご兄弟に、しかられるのを覚悟で私は書いた。書かずにいられないものがあるからだ。たぶん、おばあさんはわかってくれるとおもう。

（「日本経済新聞」一九六二年六月三日）

西国巡礼の祖　花山院

花山院は、カザノイと訓むのが正しいらしい。冷泉天皇（九五〇―一〇一一）の第一皇子に生れ、十九歳で出家し、放浪の旅に出られた。在位わずかに二年、天皇の中ではもっとも数奇な運命にもてあそばれ、哀れな生涯を送った方である。

私が、興味というより同情をおぼえたのは、西国巡礼の取材の途上、至るところで花山院の伝説を聞き、遺跡に接したからである。特に晩年を送った三田《さんだ》（兵庫県）の「花山院」は、実に静かな、景色のいい寺で、様々の哀れな物語を伝えていた。その多くは後から作られたものだろう。が、千年を経た今日まで、里人に語りつがれたのは、単に民衆の事大主義とはいえないものがあると思う。

帰京して、本を書くに当り、私は少しばかり院のことをしらべてみた。一夜漬けの勉強では、結局何もつかめなかったが、つかめなかったこと自体が、長く私の心に残った。花山院は大変複雑な人間なのである。特に傑出しているとか、和歌に堪能というのではないが、入り組んだ性格の持主で、矛盾した行為が多い。実際にも「花山院のくるひ」

といって、院の奇行は公卿達の間でも評判であった。が、「くるひ」とか「ものぐるひ」というのは、気ちがいではなく、昔の言葉では「非常識」というくらいのことを意味した。ほん物の狂人の場合は、「御悩」といった。もしくは「御もののけ恐し」とか「おどろ〳〵しう」などと亡霊のせいにした。花山院の父、冷泉天皇は、正しくそういうたぐいの狂人であった。したがって、院の「くるひ」も、いく分その血をひいたに違いないが、決してほん物の気ちがいではなく、父親おもいの優しい心の持主であった。とはいえ、その非常識が物笑いになったのは事実で、何かそういう所に、従来の宮廷の枠からはみ出た、人間的なあがきが見られるように思う。それを藤原氏の圧迫のせいにするのは、近頃流行の「社会の罪」というのと同じ程やさしい。冷泉天皇の血筋として片づけるのも簡単である。どちらも間違ってはいないだろうが、真の原因はもっと深いところ、花山院自身の内部にあり、天皇という特殊な立場が、院を「くるひ」に追いこんだのではなかろうか。

安和元年（九六八）十月、花山院は、藤原伊尹《これただ》の一条第で生れた。師貞親王という。母は伊尹の女《むすめ》、懐子で、はじめての皇子の誕生であった。

をとこみこにおはすれば、世にめでたきことに申思へり。御うぶやの程の有様い

へばおろかなり。太政大臣をはじめ奉りて皆参りこみさわぎたり。（栄華物語）

それほど祝福された皇子だったが、幸福な期間は短かった。翌二年、冷泉天皇は退位し、弟の円融天皇が即位して、わずか十ヵ月足らずの幼さで、皇太子に立つ。すべては、裏で行われた貴族同士の紛争と、術策の中から生れた立太子で、日本の天皇が国の「象徴」であるのは、けっして今はじまったことではない。後に藤原道長は、「そのみかどのいでおはしましたればこそ、この藤氏のとのばらいまにさかへおはしませ」（冷泉天皇の狂気のお蔭で、藤氏一族が栄えた）と語ったことが、大鏡に記されているが、まことに冷たくわり切った言葉である。象徴どころか、これでは傀儡にすぎないが、それでも天皇を立てねば済まない所に、日本の国の特殊性がみられると思う。

やがて外祖父の伊尹は、太政大臣となり、皇太子の立場は安定したかに見えた。が、それも一年ばかりで、伊尹は死んでしまう。子供達は未だ若く、とても後見はつとまらない。政権は直ちに伊尹の弟の兼通、兼家に移り、皇太子は、羽をもがれた小鳥のような有様となった。

不幸はそれだけに終らなかった。二、三年の中に、親王には叔父に当る、伊尹の息子二人が相ついで死に、涙のかわく間もなく、母の懐子も世を去った。時に親王は八歳、父は狂気の帝であり、母の死後は、もっぱら祖母の恵子のもとで養育されたらしい。後に花山院は「祖母朕を視ること亦なほ子のごとくなりき」といわれたが、権力も家族も失った老婆にとって、親王は掌中の玉の如き存在であったろう。人間は七、八歳の頃に人格が形成されるという。この時期の孤独と、祖母の甘やかしが、どれほど院に不幸をもたらしたか。政治的な訓練がなく、社会的な感覚に欠けたのは、一つにはそういう育ちの為もあった。

天元五年（九八二）、十五歳で元服。儀式は形どおりに行われたが、誰ももう騒いでくれる人はいなかった。親王にとっては、さびしく、一人で、大人になった感じがし、心細く思われたに違いない。ここ数年来、円融天皇は、一日も早く退位したい思し召しがあった。甥の皇太子に譲りたい為ではなく、次の皇太子に立つ筈の、第一皇子懐仁（一条天皇）の行末が、おぼつかなく思われたからである。そういう事情も、十五歳の師貞には、おぼろげながらわかることであり、手放しで喜ぶわけにはいかなかったと思う。

年号は永観と改まって、その二年に、花山天皇は即位された。が、心から祝福する人は少なかった。叔父の円融院も、父の冷泉院でさえ、狂気ながらも自分のいとしい皇子（居貞親王）を早く位にすえたいと狙っていた。まして藤原氏にとっては、何の役にも立たない暫定的な天皇としかうつらなかったであろう。それでも喜ぶ人が二、三人はいた。伊尹の第三子、母方の叔父である義懐と、皇太子時代から親しかった惟成である。
大臣その他は形式的に任命されたが、文字どおりの並び大名で、本気で政務にたずさわる気持はない。義懐と惟成だけが、これを機に勢力を得ようとし、色々斬新的な政策を打ち出した。当時の政情は、ひどく乱れており、野心を持つ若者が、擡頭するにはまたとない好期でもあった。
義懐は、生れといい、器量といい、そのような時期には打ってつけの人物であった。年も二十八歳の働き盛りで、大鏡はこの人について次のように記している。

その中納言、文盲にこそおはせしかど、御心だましひいとかしこく、有識《うそく》におはしまして、花山院の御時のまつりごとは、たゞこのとのと惟成の弁としてをこなひたまひければ、いといみじかりしぞかし。そのみかどをば、内おとりの外めでたとぞよの人申し。

「文盲にこそおはせし」とは、無学の意ではなく、漢学の素養がなかったことをいうのであろう。真面目で、頼みがいのある人物だったらしい。だらけ切っていた王朝の政治が、この一時期だけは清新に、まっとうに行われた。その為に「内おとりの外めでた」(内情は駄目だが、外観はいい)という悪評をうけたが、即位と同時に花山天皇の悪口がはじまるのは、後にひかえた藤原一族のそねみと軽蔑が手伝ったに相違ない。即位してしまえば、なるべく早く退位させるのが彼等の目的であった。たしかに天皇には、政治的な能力も、関心も、皆無であったが、それほど暗愚な帝ではなく、熱心に協力された気配はある。義懐を用いたこともその一つの現われで、軽輩を抜擢することにも吝かではなかった。助ける人がいないので、そういうはめにおち入ったこともあるが、一時的にも宮廷がひきしまったことは事実である。が、まわりには敵があまりにも多すぎた。たとえばある日、諸卿の評定中に、天皇が罪人を「つめ人」と言い誤ったことから、満場が袖をひき合ってあざ笑い、帝王は下手人を午主人というのかと、さげすんだ話なども伝わっている。事ある度に、足をひっぱろうと、待ち構えていた公卿達の意地悪さが目に見えるようで、特に藤原氏に好意的な栄華物語（赤染衛門の作と伝える）は、お気の毒なくらい天皇をあしざまに書いた。

その最たるものは、「いみじう色におはしま」す性情であろう。色好みは、人によって美徳にもなり、悪徳にもなり得る。が、花山天皇の場合、とりたてていうほどの欠点ではなかった。当時の天皇として、后の三、四人は持つのが当り前で、ただ申しこみ方が少々せっかちではあったらしい。「式部卿の宮の姫君、いみじううつくしうおはしますといふ事を聞しめして、日々に御文あれば」とか、「又朝光の大将のひめ君参らせ給へと、急にの給はすれば」などと、時間をおくべき場合に、「急にの給はす」ことがしばしばあった。好色なことより、その行儀の悪さと子供っぽさが、公卿の顰蹙《ひんしゅく》を買ったのであろう。

栄華物語は、その他にも済時の女を召した時、済時はその好色軽薄を恐れて応じなかったと記しているが、断わる際にも難癖をつける公卿の陰険さと、兼家等に対する阿諛が見えすくような気がする。だが、天皇のせっかちは、相手が女の場合だけとは限らなかった。生れつき物に熱中されるたちで、熱中するととどまるところを知らなかった。乗馬に夢中になって、所嫌わず乗り廻し、祭りの行列の邪魔をしたり、突然思い立って、舞楽を催されることも再三あった。特に馬は女色よりはるかに好まれたらしく、大鏡には、朝餉《あさがれい》の壺で乗ろうとしている所を、義懐に見つけられ、「御おもていとあかくならせ給ひて」困った顔をされることもある。これには義懐も弱ったが、人前でたしなめることも出来ず、自分も面白がるようなふりをして、すすんで乗ってみせたので、天皇の御機嫌も直り、うれしそうに見ていられるのを、義懐は「あさましうもあはれにもおぼさる丶」気色であったと、同情をもって伝えているが、天皇のあけっ放しの無邪気さには、側近の人々もはらはらし通しだったに違いない。今あげた物語のほかにも、公卿の日記や感想に、花山院の行状を苦々しく記したものは多いのである。

大鏡は更につづける。——帝の気ちがいじみた性情は、やたらに外には現われず、

「ただ御本性のけしからぬさまに見え」た為、よけい始末に悪かった。ある時源民部卿（俊賢）が、「冷泉院のくるひよりは、花山院のくるひはずちなきものなれ」といったのに対して、道長は、「いと不便なることをも申さるゝかな」といいながら、大笑いをしたという。この逸話だけでも、いかに天皇が馬鹿にされたかわかるというものだが、はたして「花山院のくるひ」は、それほど「ずちなきもの」（仕様のないもの）であったのか。「ずちなきもの」にしたのは、彼等のせいではなかったか。

これだけ馬鹿にされれば、誰だって堪えられないのは当り前である。孤独な皇子にとって、天皇の座は、針の筵の如く感じられたに違いない。その愚行が、全部嘘とはいえまいが、その中のいくつかは、宮廷の因習への反発であり、藤原氏に対する空しい抵抗だったのではあるまいか。花山天皇は、一方では心の優しい方で、また特別風雅を愛された。ほん物の狂人が、そういう和やかな心を持つとは考えられない。天皇の親思いを証するものとしては、有名な竹の子の歌の贈答がある。

冷泉院へたかむな奉らせ給ふとてよませ給ひける（花山院御製）

世の中にふるかひもなき竹の子は
わがへむとしを奉るなり

御かへし（冷泉院御製）
年へぬる竹のよはひをかへしても
子のよを長くなさむとぞ思ふ

「御かへし」の方は、代詠かも知れないが、冷泉院もたまには正気にもどられることもあった。「まことに、さる御心にも、いはひ申さむとおぼしめしけるかなしさよ」と、大鏡は記しているが、不幸な御父子が慰め合う姿は、悲痛なものを感じさせる。

御所が焼けた時はもっと哀れであった。冷泉院の安否を気づかって、「いづくにかおはしますおはします」と、至尊の御身もかえりみず、町中駆けずり廻り、ようやく二条の辻で冷泉院を発見した時には、乗馬のまま走りよって、御車のそばに随身のようにかしずいていられたが、その御車の中ではうつつなき父君が、高らかに神楽歌を歌っていられたという。

ふつうの人なら当り前のことが、天皇なるが故に、許されぬことは多かった。弘徽殿《こきでん》の女御を愛されるあまり、他の后たちの恨みを買ったこともあり、その女御が懐妊して、ひどい悪阻になった時には、日夜朝暮の御見舞、はては里から宮中へ呼びよせるなど、つききりで看病された。人間的には、愛情の深い天皇であったが、何につけ深入りするのは、当時の貴族としては悪趣味な、気ちがい沙汰であり、「花山院のくるひ」は、そういう意味に解していいと私は思う。

どこまで不運な方なのか、それ程寵愛した女御も間もなく亡くなってしまう。帝の嘆きはひと通りではなく、出家したい気持が日ましにつのって行った。そこへつけこんだのが、藤原兼家の一族である。次男の道兼は、日頃から胸に一物あって、天皇に接近し、出家なさる時は一緒に、と約束していたが、ついにその日は来た。突然天皇は道兼とともに、宮廷を脱出されたのである。「藤壺の上の御局の小戸」から、そっとぬけ出されたが、月が明るく照らしていたので、「見つけられはしないか、どうしよう」とためっていられるのを、道兼は邪険に、「神璽《しんじ》はもう皇太子（一条天皇）の方にお渡りになっているのに、今さら止《とど》まるわけに行きません」とせかした。

そこから天皇は、花山の元慶寺へ辿りつき、直ちに剃髪された。この寺は今も山科の露路の奥に、ささやかな跡を止めているが、寺の周囲は源氏の兵どもに厳しくとりかこまれていたという。すべては綿密に計算された陰謀だったのである。

道兼も一しょに剃髪すると信じていた天皇は、「親にひと目会って参ります」といって、逃げ出してしまう彼を見て、その時ばかりはさすがに、「我をばはかるなりけり」と号泣されたという。寛和二年六月二十二日の夜のことで、都は上を下への大騒ぎであった。

かねてから怪しいとにらんでいた義懐は、注意して宿直《とのい》を怠らなかったが、ちょっとしたすきに出しぬかれたのである。公卿たちもこぞって御所中を探し廻るが、どこにも帝の姿は見当らない。「わが宝の君はいづくにあからめせさせ給へるぞやと、伏しまろび泣き給ふ」という栄華物語の描写は、義懐の狼狽ぶりをほうふつさせる。やがて夜も明け、元慶寺へかけつけた義懐は、「そこに目もつゞらかなる小坊主にて、ついゐさせたまふ」天皇を見る。きょとんとした顔つきで、青々とした新発意《しんぼち》が、なすすべもなくうずくまっていたのであろう。明敏な義懐は、万事休すとさとった。直ちに自分も剃髪して、横川の飯室という所にこもってしまった。その後、何度招かれても出仕することなく、彼のいさぎよい引き際を、当時の人々は賞讃し、長く語り草にしたと伝えている。この事件で、一番気の毒なのは、この中納言だったかも知れない。

法師になってからの花山院の行跡は、あまり知られてはいない。先ず書写山に性空上人を訪ね、比叡山で何年か修行された後、熊野の那智に籠られた。史料がないかわり、一方では民衆の間に、様々の伝説が出来上っていった。

熊野への途上、千里ヶ浜（藤代のあたり）で、院は病気になられた。浜にある石を枕に伏せっていられたが、すぐ近くに海人の焚く火が見え、心細さに次のようにお詠みになったという。

旅の空夜半の煙とのぼりなば
あまのもしほ火たくかとやみむ　（大鏡）

あれ程悪口をいった栄華物語さえ、その頃には院の道心を褒めたたえるようになった。

かの花山院は、去年の冬、山にて御受戒せさせ給ひて、その後熊野にまゐらせ給ひて、まだ帰らせ給はざんなり、いかでかゝる御ありきをしならはせ給ひけむと、あさましうあはれに、かたじけなかりける御宿世と見えたり。

また粉河寺《こかわでら》縁起にも、熊野より下向のついでに、粉河寺にもおよりになり、左の歌を木札に書いて仏前に供えられたと伝えている。

昔より風にしられぬともし火の
光にはるゝ長き夜の暗

この御製が、粉河寺の御詠歌になっているが、粉河寺は西国第三番の霊場で、花山院が木札をささげたことから、参詣のしるしに札に名前を書いて奉納する習慣が生れ、以来巡礼の霊場を「札所」と呼ぶようになった。

熊野の那智は、第一番の札所であり、書写山も霊場の一つだから、それらの寺が花山院の行幸と結びついて、西国巡礼の始祖であるかの如く見なされたのであろう。が、巡礼は院一人の力で出来上ったものではない。天平時代から、長い年月をかけて、民衆の間に、自然にかもされて行った信仰形態なのである。そこへ花山院が加わったことにより、急に盛んになったことは考えられる。大衆はいつも自分達の理想像を欲するものだ。そして、院にはその始祖と仰がれるだけの、素質と過去が充分にあった。

子供のような人柄の院に、はたしてどれ程信仰がもてたか、疑う人も多いだろう。だが、子供のような人なればこそ、真直ぐ仏の道へ入ることが可能だったのではあるまいか。まして、物に熱中する異常な性格の持主だ。愛人に対する極端な情熱、地位をもかえりみぬ親思いの真情が、ひと度仏道に向うや、一途な求道心に転じたことは想像にかたくない。高僧の境地に至ったとは思えないが、少なくとも心の安らぎは得られただろう。史書の中でも「花山院のくるひ」は影をひそめる。

巡礼を志すほどの人は、みな心に悩みを持ち、多かれ少なかれ、不幸な境遇にある。そういう人々にとって、目のあたり見る院の道心と、放浪の姿は、深い共感をよんだに違いない。伝説はそういう所から生れる。天皇としては失敗だったが、只人としては純粋無垢な修行者として、民衆の無智ではあるが敏感な魂に、強く訴えるものがあったと思う。それこそ花山院の裸の姿であり、帝位を捨てて得た幸福境ではなかったであろうか。

晩年は、三田の「花山院」に幽居し、寛弘五年二月、そこで崩御になったと伝えている。はじめにも書いたように、「花山院」は大変美しい所で、三田富士を借景に、瀬戸内海まで見はるかす庭のたたずまいは、院の風雅を語ってあます所がない。

麓の村には、后達が尼になって住んだという、「尼寺」の地名があり、彼等の墓も残っている。それは風流に徹した、院としてははじめての平和な生活であったろう。悟りすました高僧より、そういう暮しの方が花山院には似合ってみえる。大鏡には、建築、調度、庭作りに至るまで、人にすぐれた美的感覚の持主で、多くの遺品を残されたと伝えているが、「花山院」の庭に立って、晩年の姿をしのぶ時、胸に浮ぶのは玉葉集の中の御製である。それはすぐれた趣味を示すとともに、院の人生観をも現わしていると思う。

木立をばつくろはずして桜花
風がくれにぞ植うべかりける

（『太陽』一九六九年十二月号）

補陀落渡海　平維盛

先年私は、西国三十三ヵ所の巡礼を取材したことがある。第一番の札所は、熊野の青《せい》岸渡寺《がんとじ》で、那智の滝を背景に、熊野灘を一望のもとに見渡す風景は、日本一の霊場にそむかぬ雄大な眺めであった。巡礼の札所は、多かれ少なかれみな似たような地形をえらんでいるが、それは観音が住むという補陀落山《ふだらくせん》を模したからで、その山は印度の南の海上にあって、白い花が咲き香る極楽浄土であるという。

南の果ての海に面した那智山は、すべての点でそういう条件にかなっていた。だからといって、いきなり寺が造られたわけではない。その背後には、古代から伝わった、熊野と那智の信仰があった。原始林におおわれた山また山が重なり、その中を割って、一気になだれ落ちる那智の滝の偉観は、信仰が失われた今日でも、思わず手を合わせたくなるような風景である。青岸渡寺はその滝を拝む位置に建っており、南の方にはさえぎるもののない海原がひらけている。そうした所に、山と水の信仰が生れ、その中から補陀落山の思想が育まれて行ったのは、極く自然な成行きであったろう。観世音菩薩は、熊野灘に誕生した、いわば日本のヴィーナスであった。

西の方に少しつき出た岬があり、その先に「山成《やまなり》の島」が見える。ここは平維盛が入水したところで、沖の方にぽつんとあるその孤島は、絶望のはてに身を投げた公達の、孤独な姿を現わしているように見えた。平家の一門には入水した人たちが多い。清経は長門の浦で、ひと足先に身を投げたし、壇の浦では二位の尼が、安徳天皇を抱いて、「あの波の底にこそ、極楽浄土と申して、めでたき都の候」といって、海に入った。他の方法でも死ぬことは出来ただろうに、女ばかりでなく男も殆ど入水している。たまたま戦が海上で行われただけでなく、これは二位の尼の言葉のように、波の底に極楽があると信じた為に他ならない。時には「竜宮」とか「阿弥陀浄土」とも呼ばれたが、海中に幸福境があるということは、古代からの水の信仰が深く根ざしていたからに違いない。竜宮の話は、既に古事記にも出ており、神武東征の際には、兄の命《みこと》が熊野灘で、「波の穂をふみて常世《とこよ》の国に渡りまし」、もう一人の命も「妣《はは》の国として海原に入りましき」とある。学者の説では、これは水葬を意味したというが、「常世の国」といい、「妣の国」といい、陰惨な死を思わせる言葉ではない。「あの波の底には、極楽浄土」があるというのと、殆ど同じ意味合いで、永遠の国、人間の還るべき故郷が、海中もしくは海のかなたに想像されていたのである。

はてしもない海原を見つめていると、私たちもそういう恍惚感におそわれぬでもない。

人間には、個人の体験とは別に、民族の記憶といったようなものが潜在していて、ふとした時に甦るのではなかろうか。まして昔の人々には、常世の国と、極楽浄土が結びつくのに、長い時間はかからなかったであろう。中でも慈悲深い観世音菩薩は、妣の国の主の如く見え、熊野灘が補陀落山へ至る門と思われたのも不思議ではない。

そこに補陀落渡海という信仰が生れた。青岸渡寺から下ったところ、浜の宮という王子と並んで、補陀落山寺という寺があり、そこから船出して行けば、必ず観音浄土に達するという思想である。那智の曼荼羅には、渡海の図が描かれているが、右に浜の宮、左に補陀落山寺が見え、そこから屋形船に乗って、船出する有様が手にとるようにわかる。平安朝の末頃から、多くの人々が、そういう信仰のもとに死んで行った。狂信と人はいうかも知れないが、それは現代人の考え方で、単なる狂信でそんな死に方ができるものではない。よほどの覚悟と信念をもって、この一大事に臨んだのであろう。平維盛も、そういう渡海者の一人であった。

山成の島には、入日が映えていた。それは寂しい景色であったが、静かで明るく、もしかすると、維盛の心境は、私たちが考えるほどみじめではなかったのではないかと思う。少なくとも、そう信じた方が、彼等の後生を弔うことになりはしまいか。その時、ふと浮んだ考えを、私は書いてみたいと思うが、歴史のある風景というものは、不思議な作用をするものだ。

周知のとおり、維盛は、重盛の嫡子で、清盛には孫に当る。平家がもっとも盛んな頃、人となったので、ずい分甘やかされて育ったらしい。若くして三位中将の位に登り、その前途は祝福されていた。平家物語は、維盛の容姿を次のように讃えている。

それは後白河法皇の五十の御賀の宴であった。父重盛は、内大臣で左大将を兼ね、叔父の宗盛は右大将で、その他一門の人々が、綺羅を飾って居並ぶ中から、維盛は桜の花をかざし、青海波を舞いながら現われた。「露にこびたる花の御姿、風に翻る舞の袖、地を照し天も輝くばかりなり」と、一同その美しさに目をうばわれたという。女房たちの中には、彼の舞姿を「深山木の中の楊梅《やまもも》」にたとえた人もおり、以来「楊梅の中将」と呼ばれるようになった。叔母の建礼門院にもかわいがられたようで、しじゅうお傍にあって管弦の役をした。優男が多い平家の公達の中でも、音楽と舞が上手な貴公子で、そのわり真面目な人柄であったらしい。北の方は、新中納言成親の娘で、「また人あるべしとも見え給はず」という程の美人だったが、維盛はその妻だけを愛し、入水するはめにおち入ったのも、彼女への変らぬ愛情のためといっていい。そういう地道なところは、父の重盛に似ていたのではないかと思う。

平家の嫡男とあって、何度も総大将に任ぜられて出陣し、その度に負けた。富士川の合戦は、二十三歳の時で、赤地の錦の直垂に、萌黄おどしの鎧を着、連銭葦毛の馬に乗ったいでたちは、「絵にかくとも筆にも及びがたし」という若武者ぶりであったが、軍には弱く、水鳥の羽音に驚いて逃げ帰ったのは有名な話である。倶利伽羅おとしの敗戦では、決定的な傷手を受け、平家の衰退を早める、といった工合で、武士としては一文の値打ちもない男であった。

だが、北の方と、それから子供達に対する真情には、ただ柔弱といって済まされぬものがある。平家物語は、都落ちに際しての公達の姿を、あるいは哀れに、あるいは美しく描いているが、家族との別れを記したのは維盛だけで、作者も同情を禁じ得なかったのであろう。

彼は十五の年、北の方は十三の時に、互いに見そめて結婚し、二人の間には十歳になる六代御前と、八つになる姫君が生れていた。舅の成親は後白河法皇の寵臣で、平家追討を企てた張本人であったが、二人の仲は変らず、反って北の方の立場を哀れみ、維盛の愛情は増したようである。いよいよ都落ちときまるや、彼は涙を押えてこのように語った。

――一緒につれて行きたいのは山々だが、行く手には敵が大勢いるので危険である。たとえ自分が殺されたと聞いても、決して尼になぞなって下さるな。どんな人でもいい、再婚して子供達を育てあげて下さい。あなたなら、そういう人が必ず見つかるに違いないと、しきりに頼むが、北の方は悲しさのあまり、物をいうことも出来ない。

いざ出発となった時、夫の袂にすがって泣きながらいった。

――私には、父も母もおりませぬ。みんなに捨てられた身の上です。それを誰でもいい、世話をする人を見つけよとは、あんまりなお言葉です。たとえ野の果て、水の底までも、御一緒にと誓っていましたのに、あの睦言はいつわりだったのでしょうか。いっそ捨てられるなら、あきらめもしましょう。が、今さら他の男にまみえる気持はありません。幼い子供達とて、誰にゆずり、誰にどうせよと仰しゃるのですか。恨めしゅうございますと、恨んだり悲しんだりするので、維盛はなすすべもない。子供達まで走り出て、すがりつくので、進退ここに極まってしまう。そこへ、弟達が迎えに来た。みな具足に身をかため、主上ははるかかなたへ行幸なさったのに、何ゆえの遅参か、とせめてる。一日馬に乗って行きかけた維盛は、とって返し、弓の弦で御簾をさっとかき上げ、「これ御覧候へ」と弟達に見せた。御簾の中では、妻と子供達がとり乱し、惨憺たる有様である。この者どもがあんまり慕うので、何かといい聞かせている中に、遅れたのです。そういったとたん、維盛も泣きくずれたので、鎧の袖をしぼらぬものはなかったと、平家物語は記している。

筑紫に落ちた平家の一門は、頼みにした武士達にもそむかれ、やがて九州からも追われることになる。山賀の城から、豊前の柳ヶ浦へ、そこにも敵が押しよせると聞き、とるものもとりあえず小船に乗って、海上へ逃げのびた。維盛の弟、清経が入水したのはその時のことで、十月の、月のいい晩であった。清経は、「何事も深う思ひ入り給へる人」で、平家の行末に絶望し、生きていても恥をさらすばかりだと、自殺の決心をかためたのである。さすが平家の公達だけあって、その死に様は優雅であった。折しも登る月影をあびて、船のへ先に立ち、横笛を吹き、朗詠をかなでつつ、海に沈んだという。誰にとっても、それはショックであった。ことさら維盛には、弟だけに、明日はわが身の上と思われたに違いない。だが、都へ残した妻子のことを考えると、清経のように、あっさり見極めをつけるわけにも行かなかった。

屋島でしばらく休戦になった時、維盛は逃げだすことを考える。前々から、妻子に会いたくてそわそわしている彼を、平家の人々は心よからず思い、もしや池の大納言（頼盛）のように、都へ帰って源氏に通じるのではないかと疑っていたので、居心地が悪くなったのも事実らしい。ついに寿永三年三月のある夜、与三兵衛重景と石童丸を供にしたがえ、武里という舎人《とねり》に船を出させ、ひそかに館をぬけて紀州へ走った。そこから山伝いに都へ行き、恋しい家族に会うつもりだったが、もし生捕りにでもなって、父の屍に恥をかかせてはと、急に計画をかえて高野山へ登った。世間見ずの維盛は、わけなく都へ行ける気で逃げたが、やはり危険を感じたのであろう。それとも家来達に、その無謀なことをさとされたのかも知れない。

高野山では、昔重盛に仕えていた滝口入道時頼に出会い、庵室に泊めて貰う。滝口入道は、横笛との恋愛で名高い人で、僧になる為に愛人を捨てた道心堅固な修行者であった。その立居振舞を見るのに、同じことならこのような人にあやかりたいものと、維盛は出家を思い立つ。そんな際にも家来のことを思って、ともに出家しようとする重景と石童丸を止めようとするが、忠義な彼等はどこまでもついて行くといい、みずからもとどりを切ってしまう。そして、滝口入道を先達に、熊野巡礼に出るのであるが、いかに優柔不断な貴公子も、その間に、決心がかたまって来たらしい。入道の説得もあったのだろう。本宮から新宮へ出る頃には、やつれはててはいたが、次第に澄んだ心境になって行った。

だが、いつ補陀落渡海を思い立ったか、平家物語は語ってはいない。突然、「浜の宮と申し奉る王子の御前より、一葉の船に棹して万里の滄海に浮び給ふ」とあり、よけいな説明がない所に、反って維盛の断乎たる決意がうかがえるように思う。

やがて、山成の島に上陸した彼は、大きな松の木をけずって、自分の名を記す。「年二十七歳、寿永三年三月二十八日、那智の沖にて入水す」と、そうして、沖へ漕ぎ出して行った。八島を出てからわずか十三日、既にそこには弱将の面影はなかった。

が、人間である以上、死ぬことが悲しくない筈はない。いまわのきわになって、思い出されるのは妻子のことばかりで、念仏する声も乱れがちになる。入道も、さすが哀れに思ったが、ここで弱気になっては、後世のさまたげになると思い、しきりに、仏の道を説く、今さら説いても仕方のないことであったし、維盛も聞いていたとは思えないが、夕陽西にかたむく頃、彼は妄念をひるがえし、高声に念仏を唱えたかと思うと「南無」と叫んで海へ飛びこんだ。つづいて、重景と石童丸も波の底に没して行った。

維盛の入水は、積極的な信仰とはいえないが、補陀落浄土への憧憬は、心の底にはげしく波うっていたに違いない。そうでなくて、わざわざ熊野巡礼を志した筈はない。巡礼というのは不思議なもので、お能や踊りが舞いこんで行くと、一種の陶酔をもたらすように、集中的に霊場を廻っている中、信心といえないまでも、何かにとりつかれたような気分になる。そういう風に出来ている。私のような呑気なものでも、そんな気持になるのだから、心に悩みを持つ人々は、どのような気を起さぬとも限らない。といって、厭世的になるわけではなく、気が大きくなって浮世のことなどどうでもよくなり、こわいものがなくなってしまう。巡礼をすると病気が直るというのは、単なる迷信ではなく、そういう効果があるからだろう。さしずめノイローゼなどには、完璧な療法だが、運わるくその途上で死んでも、極楽往生疑いなしとされたのも、私の経験からいえば嘘とは思えない。

それについて思い出すのは、先年瀬戸内海で入水した市川団蔵のことである。彼は歌舞伎の名門に生れたにも関わらず、一生下積みの役者で終り、引退興行をした後、四国巡礼に出、帰りの船の中から身を投げた。それはまだ読者の記憶に新しいと思うが、当時の新聞や週刊誌が盛んにとり上げ、例によって、社会の罪とか、歌舞伎の封建制の犠牲者とか書き立てたものである。ジャーナリズムが忘れるのは早い。それも二、三週間で鳴りをひそめたが、私の心には深く残るものがあった。はたして彼は、それほどみじめであったか。歌舞伎や社会を恨んで死んだのであろうかと。

それにしては、あまりにきれいな死に方であった。聞くところによれば、彼は巡礼に出て、父母や友人の冥福を祈り、もはや思い残すことは一つもないと語ったという。下積みの境遇に終ったとはいえ、生涯舞台に立つことが出来たし、引退興行もして貰った。引退するというのは、役者にとって、生命が終ったことを意味する。冴えない役者といわれた上、生ける屍と化したのでは、あまりに自分が可哀想ではないか。自分がいなくても、家族はどうにか暮して行ける。いれば反って重荷となるだろう。すべては終ったのだ。後髪をひく何物もない。そういう心境に至ったのではあるまいか。

たしかに、歌舞伎の世界は封建的な所であろう。外の者にはわからない醜いことも多いだろう。絢爛たる歌舞伎の芸術は、そこから咲き出た泥中の花なのだ。団蔵も名門の生れであればこそ、封建的な歌舞伎の舞台に、役者として生きぬくことが出来たのではないか。昔は「長生きはいやだ」としきりにいっていたが、死ぬ直前の便りには、「長生きしてよかった」と書いてあったと聞く。この言葉には、歌舞伎の世界への恨みなぞはふり捨てて、なすべきことは全部しとげた安心感が現われており、何か爽やかな感じさえする。辞世の句は忘れてしまったが、香典も葬式もいらない、地獄へ墜ちようと知ったことではない、そういう狂句めいた歌だったように記憶している。

自分の死さえ、洒落のめした彼は、やはり江戸っ子の役者であった。大げさな見得やはりはぬきにして、人知れず世を去りたかったのであろう。その心根は哀れだが、最後の舞台を、月の瀬戸内にえらんだのも、歌舞伎役者にふさわしい。そこに眠る多くの人々、なかんずく刀折れ矢つきた平家の一門に、深い共感をおぼえたかも知れない。波の底に竜宮や極楽があるとは信じなかったであろうが、無意識の共感ということもあり得るのだ。巡礼をして、故人の冥福を祈っている間に、そういう心境に達したのではないか。彼の場合は、四国巡礼で、西国ではなかったが、補陀落信仰は熊野だけではなく、四国にも九州にもあった。四国では三十八番の金剛福寺で、渡海する人々は、足摺岬の突端から船出したといわれている。

足摺岬という地名も、そのことと関係がある。昔、そこで修行していた坊さんの所へ、毎日現われる小坊主がいた。坊さんは、一人の稚児を召使っていたが、慈悲深い少年で、その小坊主が来る度に食事を与えたが、あまり度重なるので、今後与えてはいけないと、きつく戒めた。稚児が悲しんでいると、小坊主がそのことを聞き、では一緒に自分の住家へ行こうといって連れ出した。不思議に思った坊さんが、後を追って行くと、二人は小さな舟に乗って、沖へ漕ぎ出して行く。ふと気がつくと、小坊主は観音の姿と化し、稚児は菩薩に変じていたので、とり残された坊さんは、浜べに立って足を摺り、自分の不明を恥じて泣き叫んだという。（問はずがたり）

「足摺」の名はそこから出たので、私は未だ行ったことがないけれども、外海に面した絶壁は、そういう説話を生むにふさわしい荒涼とした眺めであろう。巡礼の札所であるから、団蔵もお詣りしなかった筈はない。そこで土地に伝わる伝説を耳にしたかも知れないし、補陀落渡海のことも聞いたかもわからない。西の海に日が落ちる頃、岬に立って来しかた行末を思った時、彼の中に祖先の血が騒がなかったであろうか。妣の国から招く声を聞かなかったであろうか。

巡礼を志した時、心は既にきまっていたらしいが、覚悟の自殺には時間が要る。霊場をめぐっている間に、次第にそれはかたまって行き、足摺岬で視点が定まった。そんな風に思われてならない。そうして残りの霊場を廻った後、瀬戸内海でついに念願をはたした。やはり月のいい晩であったという。飛ぶ鳥跡をにごさぬたとえどおり、するべきことは皆なしとげ、誰にも迷惑をかけないその最期は、みじめというより、みごとであり、出来心で死ぬ若者達とは雲泥の相違がある。彼は命を粗末に扱ったのではない、大切にしたから死んだのだ。芸はうまくなかったかも知れないが、花道のひっこみは鮮やかであった。私は団蔵が極楽浄土に達したことを信じて疑わない。いや、そういう言い方はまずい。地獄へ行くつもりが、今頃は蓮のうてなの上で、照れているに違いない。江戸っ子の役者には、そういう姿を想像した方が似合うし、気に入ってくれるだろうと私は思う。

（『太陽』一九六九年十一月号）

神仏混淆

福原麟太郎先生の『芸は長し』という御本の中に、「三輪」の能についての感想がある。ここにひかして頂くと、

「例えば三輪という能が、現在の我々の生活に関連があるとは、とても思えない。むしろ殆んどわけのわからない能である。伊勢と三輪とは一体分身であろうがなかろうが、私どもは何も興味がない。……そういう本地垂迹の思想の如きは、いま我々に何の価値もないものなのだ。三輪という能の内容は、昔こういうことに興味を持った人々に面白かったに過ぎない。それを我々にも興味を持てというのであろうか」。そして、それが舞う人の伎倆にあることも認めていられるが、結局のところ、面白くも美しくもないという意見である。

「三輪」というのは、前シテは中年の女で、ある日玄賓僧都《げんぴんそうず》の庵室へ来て、衣をひと重乞い、妾が住家は三輪の里、杉立てる門をしるしに、尋ね給えと言い残して去る。不審におもった僧都が訪ねて行くと、社の神木に衣がかかっており、そこへ三輪の神が現れ

て、神代の物語をする、という筋で、最後は伊勢と三輪は一体だという結末になって終る。

まことに荒唐無稽な話だが、私は、当時、そんなことは考えたこともなかったので、成程福原先生のような見方もあるのかと考えさせられた。お能ばかりでなく、一つの世界の内部にいると、外のことがわからなくなる。これは私達が、気をつけなくてはならないことだが、この頃、お能の解説を頼まれて書く場合、そういう「わけのわからなさ」を、現代人に、どう説明していいか、途方にくれることがある。特に興味は持てなくても、同じ民族の辿って来た歴史が、まったく通じないという法はない。ことに本地垂迹とか神仏混淆のような思想は、日本の文化に大きな影響を与えているから、音信不通では困るのである。

といって、福原先生と同じように、私も土俗的なものには興味がないし、第一薄気味わるい。客観的にみれば確かにそうなのだが、実際にお能を舞っていると、少しもそれが気にならない。神と仏がごちゃまぜになろうと、矛盾は一向感じないのである。

そこの所は、後シテの神楽の後で、神楽を舞うのが既に「天の岩戸」の復元であるが、何の説明もなしに、いきなり「天照大神、その時に岩戸を、少し開き給へば」と、両手でヒラク型があって、八百万《やおよろず》の神々が喜ぶ場面がつづく。

素面《しらふ》で書くのは照れくさくなるような場面だが、演じているとそんなことは考えない。

むしろ、だんだん舞い込んで来て、調子にのった所で、岩戸を押開く型をすると、大げさにいえばすべての物事から解放された気分になる。それが見物に通じないというのは演者がまずいのであって、作曲の側にあるのではないと思う。たしかに「三輪」は傑作でないにしても、お能の筋なんてものは大同小異で、神と仏、現実と夢、彼我の世界は、至る所で交り合っており、特に「三輪」だけが分りにくいわけではない。福原先生はこの能に関する限り今まで御運が悪かったのではないだろうか。

このことは、長い間、私の心にひっかかっていた。お断りしておくが、私は、「三輪」の弁護がしたいのではない、ただ、自分にはっきりさせたいだけの話で、ほんとうはお能とも「三輪」とも関係のないことなのだ。が、私はその方面の知識はないし、怠け者なので、長い間放ったらかしにしておいた。ところが先日、ある出版社の依頼で、西国巡礼の取材をし、三十三ヵ所の霊場を廻っているうち、そういうことに関して、おぼろげながら何かしらつかんだような気がする。

西国巡礼は、周知のとおり、観音信仰にはじまる。歴史は天平時代に溯るが、民間に行渡ったのは、鎌倉から室町時代へかけてで、徳川時代には流行を極め、伊勢詣でと同じように、半ば遊興化して行った。「ホモ・ルーデンス」ではないが、日本の信仰に、いつもあそびがともなうのは面白いことである。が、もともと観音様にはそういう性格があった。三十三ヵ所というのは、いうまでもなく、観音が様々の形に変化《へんげ》して、人を救うという信仰にもとづいており、三十三という数は「無限」をあらわす。別の言葉でいえば、人それぞれによって、どう解釈してもよく、どこから入って行こうとさし支えはないという意味で、最後には、観音様を信じなくても、ただ「巡礼すればいい」という所まで行ってしまう。観音の慈悲には、そういう風に、何もかも許すという絶対的な寛容性があり、そういうものが、仏教以前の自然宗教とたやすく結びついたのは想像に難くはない。それは両立というより、極く自然な形で融合し、民衆の生活に滲透して行った。

第一番の札所は、那智の青岸渡寺《せいがんとじ》だが、既に私は、そこで神仏混淆の思想が、現在でも根強く生きつづけていることを知った。

那智へ行くのには、新宮から新しいいい道が通っており、横に旧道がみえつかくれつ残っている。杉並木の間を行く、美しい、石畳の道で、そこからの方が眺めもいい。ちょうどお能の橋掛と同じことで、こういう所は、ゆっくり歩かないと、車でいきなり乗りつけたのでは感興をそがれる。

その旧道が新道と交叉する所で、道は下り坂となり、突然滝が目の前に現れる。那智の景観については、今さら云々するまでもないが、あらゆる先入観をぬきにしてみても、思わず手を合せたくなるような姿である。そこで先ず、度胆をぬかれた後、峰を越した所に、青岸渡寺がある。が、車を降りてから、石段を五百段近くも登らねばならない。

これは大体どこでもそうなのだが、ようやく辿りつくと、最後のとどめといった工合に、必ず高い段々がある。観音の浄土には、そうたやすくは行けないという仕組なのだろう。今は車があるからいいようなものの、所によっては、麓から歩いて登る山もあり、そういう所は却って印象が深かった。

そうして辿りついた頂上には、きまって天下の絶景といいたくなるような眺望が展ける。今までの苦労も、浮世の生活も、観音様にお詣りすることさえ、忘れてしまう程の景色である。それはたとえば「三輪」の能で、舞い込んで来た絶頂において、解放される気分によく似ている。苦しさの度合も、楽しさの程度も、まったく同じことである。

青岸渡寺からは、深い谷をへだてて、那智の滝が望めた。その時はっきり感じたのは、札所はここでも、霊場はあそこだ、ということだった。日本のように、自然が美しい所では、宗教はそういう形でしか発達できなかったであろう。極端なことをいえば、巡礼の場合でも、観音像は口実にすぎず、といって悪ければ案内人の恰好で、御本尊はあくまでも自然の側にある、そういうことがよくわかった。そして、それが観音の応身の一つの現れではないかなどと思った。

この寺には、殆ど同居といった形で、熊野那智神社がくっついている。滝と、神社と、寺は、いわば三位一体をなしており、熊野三山の模型がここにはある。そういう風に、神仏は交り合いながら、小さな円を作りつつ発展して行ったのだろう。明治維新の廃仏毀釈令は、多くの破壊を行ったが、民衆の生活力の前に、政治の力は弱い。いつの間にか復活して、このような形で生きつづけていたのである。それには、「翁」の能の、翁と千歳《せんざい》と三番叟《さんばそう》の関係を思わせるものがあった。

ここには八百年を経たという、化けもののような樟があって、根元の洞穴にしめ縄をはりめぐらし、胎内くぐりをするようになっている。土俗的な上、変にエロティックな感じがして、気味が悪かったが、そういうものは至る所に見られた。その後の三十二番も、形式はほぼ似通っており、何らかの形で、那智の模型であり、那智の変型であった。たとえば清水の音羽の滝、三井寺の御井《みい》といったように。そして、表向きは観音様だが、奥の院には木と石と水の信仰が秘められ、古代からの伝統の根深さが思いやられた。このことは、私達が、庭や木石、ひいては絵画彫刻に異常な興味をもつことと無関係ではあるまい。いってみれば、私達は、「古事記」の世界から、一歩も出てはいないのだ。出ないままに、独特の文化をつくり上げた所に、日本の民族の特長があるのかも知れない。でなければ、この混沌と無秩序の中から、オリンピックなど出来なかったであろう。堀江(謙一)青年も、東洋の魔女も、生れることはなかったに違いない。

再び、福原先生に御足労をねがうが、最近出版された著書の中で、文化にはある野蕃性が必要だ、という御説には同感だ。「三輪」の能にも、そういうものがあるから、一方に「松風」や「井筒」のような美しい能が出来たのである。本質的には少しも変ってはいない。「松風」や「井筒」なら誰がやってもそう破綻はないが、「三輪」の女体の生ま生ましさに、観音様の衣をまとわせること、それが名手の演技というものであろう。

（『学鐙』一九六五年一月号）

志摩のはて

折口先生に私は、お会いしたことがなかった。遠くから、お姿を見かけたこともない。にも関わらず、お弟子のはしくれみたいな気がしているのは、お書きになったものを通してお世話になっているからで、先生の場合、そういう「お弟子」は多いのではないかと思う。

はじめて先生の作品に接したのも、偶然のことからである。若い頃、外国生活が長かった私は、先生のお名前すら知らず、日本の古典や歴史にもうとかった。ところがある日、京都で古本屋をあさっていると、『古代研究』という部厚な本が目についた。めくってみると、何か心にふれるものがある。早速買って、帰りの汽車で読みはじめ、読みはじめると止せなくなって東京へ着くまでに第一巻を読み終えた。

そこには、私が無意識の中に描いていた祖国の姿があった。故郷があった。この時の感動を語るのはむつかしいが、著者の言葉を借りていえば、はじめて「妣《はは》が国」の存在に目覚めたといってもよい。おかしなことに、内容に夢中になりすぎたせいか、それでもまだ著者の名前はピンと来ず、その本の表題が右書きだった上、平仮名で書いてあったので、ちくりをとは何という奇妙な苗字かと、長い間そう思っていたのだから、無学の程が知れるというものである。

そんな私が、偉い先生方に交って、こういう所に書くのは僭越な話だが、それ以来一方ならぬ御恩をこうむっていることを考えると、お断りするわけには行かない。

去年、私は『巡礼の旅』（のち『西国巡礼』と改題）という本を書いた。これは時間もかかり、体力を要する仕事なので、ずい分考えたが、その時も、熊野へ行けるという、ただそれだけの理由で引受けてしまった。

　十年前、熊野に旅して、光り充つ真昼の海に突き出た大王个崎の尽端に立った時、遥かな波路の果に、わが魂のふるさとのある様な気がしてならなかった。此をはかない詩人気どりの感傷と卑下する気には、今以てなれない。此は是、曾ては祖々の胸を煽り立てた懐郷心（のすたるぢい）の、間歇遺伝（あたゐずむ）として、現れたものではなかろうか。

そういう文章にひきつけられた為である。この仕事は、自分としては、不満な結果に終わったが、至る所で「間歇遺伝」の血が騒ぐのを、どうすることも出来なかった。その血がおさまるまで私は、待つべきだったのであろうが、熊野の山で、那智の滝で、補陀落山寺で、ふと口をついて出るのはいつも先生の歌だった。

青うみにまかがやく日や。とほどほし　妣《ハハ》が国べゆ　舟かへるらし
波ゆたにあそべり。牟婁の磯にゐて、たゆたふ命　しばし息づく
わが帆なる。熊野の山の朝風に　まぎり　おしきり、高瀬をのぼる

妙法山からの帰り途、秋草の咲き乱れる尾根のはるかかなたに、思いもかけず那智の滝を見出した時には、何ともいえぬ感動におそわれた。

ちぎりあれや　山路のを草莢さきて、種とばすときに　来あふものかも

ふだんは忘れている歌も、そういう瞬間にはまざまざとよみがえり、そんな証拠は一つもないのに、この歌はここで詠まれたのではないだろうか、きっとそうに違いない、などと思ったりした。

たびごころもろくなり来ぬ。志摩のはて　安乗《アノリ》の崎に、灯《ヒ》の明り見ゆ

とり立てて名歌というのではないが、不思議に心にしみるものがある。先日出版され

た山本健吉氏の『釈迢空歌抄』にも、この歌が冒頭に掲げられていた。ついでにいうのは失礼かも知れないが、この本は私のような素人にも非常に興味が深く、作者の心のこもった文章は、読んでいる中に、思わず折口先生の足跡を辿りたくなるような気分にさせる。そう思うと、矢も楯もたまらなくなるのが私の性分で、ちょうど伊勢へ行くついでがあったので、本を片手に私は志摩へとんで行った。勿論、現代の性急で便利な旅行では、往年の詩情は味わえる筈もないのだが、それでも私は、この目で安乗の崎が見たかった。

それは私が想像したとおりの所であった。志摩半島も、大王ヶ崎のあたりは、観光地化しているが、安乗まで行くと、さすがに見物人の影もなく、さむざむとした岩鼻に、小さな灯台が一つぽつんと立っているだけだ。磯には海女が漁《すなど》りに忙しく、北の方には伊勢の山々が重なっている。鳥羽も、磯部も、その蔭にあるのだろう。折口先生は、そちらの方から、的矢湾を横ぎって来られた時、この歌が出来たのだが、その時「私の心は、初めてと言ってよい程、動揺を感じた。併しそれは極めて静かなもので、ちょうど遥かな入り江の涯に見える、灯台の灯りのように、深い期待を持たせた」と自註にある。風光明媚な志摩半島の中で、安乗の崎はとり立てて美しいとはいえないのに、いかにも「志摩のはて」という、明るいけれども静かで淋しい感じがする。それが歌の姿によく似ており、私はやはり来てみてよかったと思った。ささやかながら、私の胸にも、小さな明りが一つともる心地がした。

浜べにはわかめでもとるのか、黄と赤のこまかい網が干してあり、それがわびしい風景に一抹の色彩をそえている。帰りがけに、そこを歩いていると、海女が大勢よって来て、うにをくれた。只では申しわけないと思い、二百円あげると、こんなに沢山貰っては申しわけないと、あわびをいくつかそえてくれた。安乗の崎は、そんな素樸な所である。

国分寺跡にもよってみた。安乗から車で十五分くらいの、静かな村の山の上にあり、英虞《あご》湾が一望に見渡せる。私はしばらくそこにたたずんで、「ほうとした」気分に酔ったが、こういう心の安らぎを教えて下さった先生に、いつの日か、私もほんとうに御礼がいえる時が来るであろうか。

（『折口信夫全集』月報十一、中央公論社、一九六六年）

一期一会

二、三日前から軽井沢に来ている。

私の部屋からは、白樺の梢を通して浅間山が望まれ、ほととぎすと郭公が少しうるさい程啼いている。空気は冷たく、心地よい。が、私は未《ま》だ何を書くのか考えてみもしない。風が吹く度に、白樺の葉裏がひるがえるのを眺めながら、その微妙な光と影の中から、何かが自然に生れて来るのを待っているといった状態だ。私はこういう瞬間が好きである。大事にしたいと思う。文章は、一旦筆をおろしたらもう取返しはつかぬ。いくら書き直したところで、悪くなってもよくなることは先ずない。そういうことを私は、まずしいながら長年の経験で知っている。文は人なり、というが、自分で自分の書くものがどうにもならないとはおそろしいことである。

それにつけて思い出すのは、私の友人、というより先生みたいな人に、非常に鑑識眼の鋭い人間がいた。彼は今でも健在だが、もう書くことは止めてしまった。彼の眼に、文章がついて行けなかったのである。家へ行くと、よく部屋一杯にびっしり書いた原稿用紙を並べていた。そうして上から、鳥瞰図《ちょうかんず》的に見渡し、一頁と五頁を結びつけたり、三頁と十頁をつぎ合したりして、何回でも書き直す。その度に消しが多くなるので、枚数は十分の一ぐらいに減った。そういう風にして出来上った原稿は、完璧といえば完璧かも知れないが、息がつまるような文章で、ふだん話を聞いている私にはどうにかわかっても、一般の読者には到底通じようもない難解な作品と化した。兼好法師は、「おぼしき事言はぬは腹ふくるるわざ」といったが、書くべきことは山ほど持っているのに、書けない人、——それも厳しすぎて表現できない人の辛さを私は思いやった。バルザックに「知られざる傑作」という短篇がある。完全無欠な絵を描こうとした為に、ついにカンバスを真白にぬりつぶしてしまう画家の話だが、しょせん人間は神様ではない。私はその先生からずい分色々なことを教えて貰《もら》い、今でも深く感謝しているが、併せて人間の不完全性というものについても学んだようである。

こんなことを思い出すのも、私にとっては久しぶりのことである。他の方は知らないが、私の場合編集者からの注文が多く、何でもいいから書いてくれという依頼は殆どない。それも多くは参考書を必要とする仕事の為、沢山本を読まねばならない。読書は好きだから苦にならないが、それより資料をどう使うか、〆切が迫ったりすると、それらのものについ寄りかかりたくなるのが困る。今度はそうしたものは一切いらない、さっぱりした気持で、一冊の本も持たずに来た。手ぶらで原稿用紙に向える。それこそ正に

「随筆」というものではないか。だが、それは筆にまかせて書くことではあるまい。随筆という言葉が、いつ頃出来たか私は知らないが、任筆と呼ばなかったのは卓見で、自由に書くといっても、気ままに書いたらおしまいだ。あくまでも、筆に随《したが》うことが大切なのだろう。かりにエッセイと呼んでみた所で、別して上等になるとも思えない。エッセイは、たぶんフランス語のエッセイエから出た言葉で「試す」とか「やってみる」という意味合いがあり、その範囲では似たようなものだが、筆に随うといったような美しいひびきに欠ける。彼等には、また別の美しさが感じられるに相違ないが、それは私にはわからない。何《いず》れにしても、随筆は、大変日本的な文学の一形式で、日本人の体質によく合い、日本語にも日本の風土にも適しているように思う。古来、名随筆の多い所以であろう。

小説にも、論文にもそう云えば随筆に近いもの、随筆と呼んだ方がふさわしいものが沢山ある。そして、その方が、これは私の好みかも知れないが面白い。正宗白鳥氏の晩年の作品は、その最たるものであったが、最近読んだ中では、先日読売文学賞を受けられた網野菊さんの『一期一会』など、はたして小説といえるかどうか。大体そんな区別をつけるのがおかしいので、随筆がおのずから小説の態をなせば、それが理想的な姿なのかも知れない。

今もいったように、私は本を持参しなかったので、委《くわ》しく御紹介できないのは残念だ。よし出来たとて、ダイジェスト的な解説では、作品の傍《そば》にもよりつけないであろう。要するに、『一期一会』という題名の中にすべては含まれているのであって、一生に一度の人間の出会いというものが、市川団蔵という役者を通じて、美しく描かれているのである。団蔵とはいうまでもなく、先年引退興行を行った後、四国巡礼を終えての帰り、瀬戸内海で入水したあの老優のことで、当時新聞や週刊誌が、社会問題として取りあげ、歌舞伎の封建性の犠牲者とか何とかやかましく書きたてたものである。そのことは未だ私達の記憶に新しいが、網野さんはそれとは別な角度からこの事件を見つめ、まったく個人的な、自分自身の問題としてとらえた。いや事件とか問題という言い方はまずい。作者にとって、それはどこかで起きた事件ではなく、わが身にふりかかった不幸であり、団蔵のあわれを、自分のものとして受けとめた。心理描写もなければ、作者の勝手な想像もない。ただ、ありのままに、彼の死を知って、どんなに悲しかったか、それだけが縷々《るる》と述べられており、その共感の深さが読者の心を打つ。

人も知るように団蔵は名門の家に生れ、名人の父を持ちながら、映えない芸の持主で、一生うだつの上らない下積の境遇に甘んじた。私は網野さんを地味な方だとは思っても、決して彼のように才能のない作家とは思えないが、この謙虚な女性は、団蔵の哀れさが、身につまされて悲しく思われたようである。しかもそれは大分前からのことで、未だ九蔵といった若い頃から見つづけ、その時々の舞台姿が克明に描かれて行くのだが、「一期一会」という詞も、その思い出の中に出て来るのである。何とかいう芝居の一場面で、団蔵の扮した老人が、「一期一会」と記した笠をたずさえており、その姿が、いかにも寂しそうに見えたという、ただそれだけのことなのだが、わずか二、三行の文章の中に、万感の思いがこめられ、作者と主人公が、あたかも一体と化したような感じを与える。たしかに、それは、一生に一度の出会いだったといえよう。実際に面識はなかったらしいが、何も顔つき合せて付合うことだけが、人間の付合いとはいえないのである。

ここでは時間というものが大きな役割をしている。愛情とは、時間をかけることだといい直してもいい。作者の強い共感にも拘わらず、この作品は実に淡々と書かれており、悲惨な事実を扱っているのに、少しもじめじめした後味はない。それが一番美しい所だと私は思っているが、ひいてはそうしたものが日本のあわれであり、日本の美しさといえるのではないだろうか。

それにひきかえ、団蔵が死んだ時、社会の犠牲者とか、封建性の罪悪とか、ハンコで押したようなことをいったジャーナリズムの冷酷さはどうか。そんなセリフだけ上の空に喋っていれば、するする通る世の中の方が、私にはよほど陰惨なことに思われる。こんなことをいうと誤解を招くかも知れないが、巡礼をした後、死んで行った団蔵の心中は、はたして私達が考える程みじめで、絶望的であっただろうか。それは網野さんの文章のように寂しいけれども淡々とした境地ではなかったか。

そんな疑いを持ちたくなるのは、先年私も巡礼をしたことがあるからである。勿論、私の場合は、信仰ではなく、単なる取材の為だった。それに四国ではなく、西国であった。が、曲りなりにも霊場をめぐっている中に、私は何か異様なものに触れた。それは未だ私がほんとうには知らなかったもの、——しいて云えば日本人の本質とか、魂のあり方とか、そういったものなのだが、どうも私には巧くいえそうもない。またいえた所で、証明のつかぬものでもある。が、さいわい私には、充分な枚数と時間が与えられている。少時そのことについて考えてみることにしよう。読者もそのつもりで付合って頂きたい。

(「日本のもの・日本のかたち」のうち。初出不詳。一九六八年)

日本の信仰

御承知のとおり、西国一番の札所は紀州の青岸渡寺である。というより、那智山といった方がわかりが早いだろう。ここに有名な那智の滝がある。先ず、そこで、私は、実際に滝に打たれたような衝撃を受けた。立派なのである。おそらく富士山と匹敵する日本の二大景観といえよう。私はナイヤガラもヨセミテも見ているが、気が遠くなる程大きいばかりで、このように引きしまった緊張感はなかった。根津美術館にある那智ノ滝ノ図は、地ひびきがするようなその水音までとらえているが、古代の人々が、この滝を神として崇《あが》めた理由が私にはよくわかった。今もその伝統は守られており、滝の前には鳥居だけあって、神社はない。滝が御神体だからである。折しも観光シーズンで、新婚旅行や観光客で一杯だったが、みな滝に呑まれてシンとしている。少しばかり騒いだところで、ごうごうたる音にふき消されたであろう。周囲には奇妙な静寂がおとずれ、私は二千年の昔に還《かえ》る心地がした。

青岸渡寺は、そこから少し登ったところにある。車を降りて、五百段ほど石段を登るが、はじめてのこととてこれは辛かった。が、紀州の海を一望に見渡す頂上からの眺めは、そんな疲れなぞ一瞬にして癒してしまう。遠く下の方には今見て来た那智の滝が、白く細い糸を引き、落雷のようなひびきがここまで上って来る。後は巍々《ぎぎ》たる山また山、前は洋々と果てしもない海。浮世の出来事など、何とつまらぬことにくよくよしたことか。観音浄土とは正にこのことだ、その時私ははっきりと合点した。

私は素直な気持で、父や母、それから先日亡くなった姉の冥福を祈った。取材旅行は、信心といわないまでも、何かしら求める気持に変って行った。取材の為にきょろきょろ漁《あさ》り廻るのが、浅ましいことに思われだして来た。

私にはもともと信仰心はない。だが一体信仰とは何だろう。日々かきたてずにおかねば、忽《たちま》ち消滅するはかない幻ではないだろうか。その点、美とか伝統とか、或いは精神などと呼ばれるものに似ているのかも知れない。私には信仰があります、と正面切っていう人には、どこか偽善者めいた所がある。美学にある胡散《うさん》臭さを感じるように。巡礼という、実際に足で歩き、美しい景色にふれ、仏を拝む信仰の形式には、そういう疑わしいものは何一つない。それでなくても巡礼には、信仰は持たなくても、ただ霊場を廻るだけでいいという、極めて寛容な教えがあるのだが、大衆の間にあれ程はやったのも、私自身経験したように、何もかも忘れて幸福感にひたれるからに違いない。そこに観音浄土を見ようが見まいが、受けとる人次第で、歩くことそれ自体が、信仰につながるというのは、何はともあれ健康な思想である。

お寺は必ず山の上の、見晴しのいい所に建っていた。観音が住むという、補陀落山《ふだらくせん》を現したからで、他の所も大なり小なり皆那智山のくり返しであった。車が行く所でも、私はなるべく旧道を歩いて登ることにしたが、頂上へついてほっとすると、きまって目の前に高い石段が現れる。最後の所が一番辛かった。これは浄土にはそうたやすく行けない仕組かと解したが、そうして辿りついた舞台からの眺めは格別で、いかに無信仰の私でも、同じような体験を、三十三度も重ねては、浄土というものの存在を、いやでも認めないわけには行かなかった。あまりに印象が強かったので、その後人を連れて行っても、二度と同じ感動は得られない。車で乗りつけるからである。そして、車が行かない山は、遠くから眺めるだけに終っている。

たしかに、歩くというのは健康なことだ。実際にも、病弱な私が、巡礼をしている間、見ちがえる程元気になった。それだけでも有りがたいことだったが、現在の観光ブームも、これとまったく無関係ではないと思う。ただ確固たる形式を失った為、野放図に自由な旅を楽しんでいるだけで、そういう所から何も生れはしないであろう。時計片手の万歩運動もその例外ではないが、いつも何かに追いかけられているみたいで、不安の影がつきまとう。楽しむことも、陶然と酔うことも、そこにある種の努力、――たとえば石段を登るといったような、手つづきを必要とするのである。

私は少し巡礼についてお喋りをしすぎたであろうか。が、私は読者にそれを勧めているわけではない、平安朝以来、何百年もかかって出来上った巡礼という一つの形式を、大ざっぱにも知って頂きたいと思うからである。ついでのことに、もう少し付合って頂きたい。那智山の麓に、補陀落山寺という小さなお寺がある。山の寺に対する浜の寺で、例によって、浜の宮という神社と同居している。西国巡礼の札所ではないが、観音信仰と関係のある寺で、先にもいったように、補陀落というのは、観音の住む霊山の名称である。ここに古く、補陀落渡海という信仰が生れた。西の海へ船出して、どこまでも西へ西へと進んで行けば、観音浄土に達するという信仰である。つまりは自殺行為である。代々の住職は、ある一定の年齢に達すると、そうして死ぬのが定めとなっていたが、坊さんばかりでなく、平維盛《これもり》をはじめ、多くの在家の人々が、かたくそのことを信じて入水して果てた。

現代人の感覚では、信じられない程狂信的で、かつ残酷極まりない思想である。私は読んでいないが、井上靖さんも小説にとりあげ、学者の中でも、たしかにそういう信仰はあったに違いないが、日本人としては烈しすぎる、たぶんほんとにあった話ではなく、死んだ後、船に乗せて沖へ流し、水葬を行ったのが、そういう伝説として伝わったのであろうという説もある。人命尊重が叫ばれる現在、このような話はタブーかも知れない。が、それは私達が弱虫になったせいではないだろうか。昔の物語や伝記の類を読む時、私はどうもそんな気がしてならない。当時の人々は、男も女も、いつも命がけであった。命がけでなくては生きられない時代であった。遣唐使や学僧達が、文化を求めて中国へ渡るのでも、今では想像もつかぬ程危険な行為だったろう。その頃外国といえば、中国と朝鮮と印度しかなく、それらは皆西の方にあった。西、という観念は、おそらく私達が考えるよりはるかに強い、特種な色合いを帯びていたに違いない。沈む太陽を追って、西へ行く風習は、古代から行われており、その西の方から仏教とともに、目を見はるような文化がもたらされたことは、彼等の信念と憧憬を一そう強めたことだろう。西方に極楽がある。それは仏教の教えを俟《ま》つまでもなく、何の抵抗もなく受けいれることの出来る一つの思想であった。古代の自然信仰と仏教、神社と寺院は、そういう形で結びついて行った。日本人の外国崇拝は今はじまったことではない、二千年の昔から私達の血の中に流れつづけた伝統である。

　中世に、補陀落渡海という信仰が生れたのも、そう考えると少しも不自然ではない。一途に西方に浄土があると信じて、船出した人々の心は哀れだが、ただ哀れとだけいって済ませては、彼等は成仏しないであろう。それよりそういう風に信じ切って死ねるということの幸福を思った方がいい。私はこのように特種な信仰を、ことさら美化したいとは思わないが、死を恐れないということは、若さの特権であり、生活力の現れである。ここで若さとか生活力というのは、必ずしも年齢を意味しない、死も恐れない程撥剌《はつらつ》として生きる力をいうのである。

補陀落信仰が行われたのは、紀州ばかりではなかった。四国にも九州にもあったという。「問はずがたり」という、鎌倉期の日記文学の中に、こういう話がある。

四国の足摺《あしずり》岬に一人の坊さんが修行していた。小坊主を召使っていたが、慈悲深い少年で、毎日のように、どこからともなく現れる幼い法師に、自分の食物をわけ与えていた。ある日、師の坊さんが戒めて、余計なことをするな、といっている所へ、またその小法師が現れたので、少年はわけを話し、これが最後だ、といって食事を与えてやると、彼は長い間の恩を謝し、では私の住処へ一しょに行こうと誘って、浜辺へ連れて出た。不審に思った坊さんが、後を追って行くと、二人は小さな舟に乗って、沖へ出て行く。見ると、二人とも菩薩の姿になって、舟の舳先《へさき》と艫《とも》に立っており、置去りにされた坊さんは、差別の心を持ったが為、自分ひとり取残されたと、浜辺に足を摺って泣き叫んだ。故に、足摺岬と名づけたという。

例によって、うろ覚えなので定かではないが、大体右のような物語である。足摺岬に私は行ったことがないが、荒々しい外海に面した絶壁からの眺めは、熊野灘におとらぬ心打つ景色であろう。四国八十八ヵ所の札所もあるというから、団蔵もお詣りしなかった筈はない。もしかすると、彼が自殺を決意したのも、そこではなかったであろうか。巡礼を志した時、心は既に定まっていたらしいが、覚悟の自殺には時間が要る。自分の眼でもっと確かめたいこともあったに相違ない。ここに来て、土地に伝わる伝説も耳にしただろうし、補陀落信仰についても知っていたかもわからない。が、そんなことは問題ではない。果てしもない海に、日が落ちる時、彼の中の祖先の血が騒がなかったかどうか。きらめく浪の上に、生身の観世音が現れるのを、拝まなかったとはいえないのだ。

聞くところによれば、彼は巡礼をして、父母や友人の冥福を祈り、もはや思い残すことはないといったとか。一生下積みの境遇に終ったとはいえ、引退興行までして貰った。引退するというのは、役者の生命が終ったことを意味する。下手だといわれた上、生ける屍《しかばね》と化したのでは、あんまり自分が可哀相ではないか。自分がいなくても、家族はどうにか暮して行くだろう。これ以上重荷になるのは堪えられぬ。すべては終った。後ろ髪をひく何物もない。絶望のはてに、そういう静かなあきらめに至ったのではあるまいか。前には「長生きはいやだ」といっていたが、死の直前、家人へ送った葉書には、「長生きしてよかった」という意味のことがあったそうだから、歌舞伎の世界への恨みなどという、けちなものは振捨て、すっきりした心境だったに違いない。辞世の歌は忘れてしまったが、香典も通夜も何もいらない、地獄へ堕ちようと知ったことではない、そういう狂歌めいた歌だったと記憶する。

だが、死ぬのには勇気が要る。飛ぶ鳥跡を濁さぬたとえどおり、するべきことは全部なしとげ、誰にも迷惑をかけなかった彼の最期は、美事というより他はない。若さに任せて、交通事故を起す若者達とは雲泥の相違である。彼は命を粗末に扱ったのではない、大切にしたから死んだのだ。団蔵が極楽浄土に到達したことを、私は信じて疑わない。舞台の芸はまずかったかも知れないが、花道のひっこみは鮮やかだった。やはり彼は生《き》っ粋《すい》の役者なのだ。そして、それを育てたのは、封建的と呼ばれる歌舞伎なのだ。そういっても、彼はきっとうなずいてくれると思う。

（「日本のもの・日本のかたち」のうち。初出不詳。一九六八年）

西国巡礼の旅

菜の花の咲く頃になると、お遍路さんを想うのは私だけではないだろう。黄色い花をしきつめたじゅうたんの間を、白い菅笠《すげがさ》が見えがくれに、三々五々うちつれて行く。いつしか私もその群れに交じって「同行二人」と書いた笠の蔭で、「遍照金剛《へんじょうこんごう》」と唱えつつ、次の札所を目ざして行くようだ。まことにのどかな田園風景であるが、菅笠の奥にかくされた顔が、はたで見るほど呑気なものかどうか。もっとも、近頃は巡礼も観光化して、ジーパン姿の若者たちが、鼻唄まじりで札所を駆けまわっているらしいが、こんな古風な信仰体系が、未だに命を保っているのは「伝統」の力であり、無理に守って行くものが伝統ではない、と私などは思っている。たとえ信仰なんか持たなくても、鼻唄まじりでも、遍《あまね》く照らすのが仏さまの光明で、仏の慈悲に善悪の差別はないのである。

そういうことを私は、西国三十三箇所の巡礼を取材したときに知った。私のように信仰のないものが、取材のために巡礼をしていいものか、それは信仰を持つ人々に対して、冒瀆ではないかと恐れていたが、昔の人々の本を読むと、巡礼をするには、信仰を持たなくても構わない、ただ歩けばいい、と書いてあったので、半信半疑ながら信用することにした。そして、それが事実であることを知ったのである。

歩け、と書いてあるから私は、時間と体力の許すかぎり歩いた。西国巡礼は、南は熊野から、北は天橋立《あまのはしだて》まで、広い範囲に及んでいるので、遠い所は電車や車に乗ったが、山の麓から参道は必ず徒歩で行った。時には三時間も四時間もかかることもあった。そうして辿りついた山頂からの眺めは、この世のものならず美しく、そこで食べるおむすびは、五臓六腑にしみわたる。甚だ陳腐な体験だが、極楽浄土とはこういうものだとそのとき痛感した。そうした札所巡りを毎日つづけていれば、陳腐な体験も少しはましなものになって来る。那智の滝の偉容に、神の姿を垣間見ることもあり、山の端《は》に落ちる夕日に、阿弥陀来迎の景色を想いみるときもあった。その憶い出が忘れがたくて、のちにバスや車で乗りつけても、苦労して歩いたときの十分の一の感動もない。私の経験は至ってあさはかなものであるが、たしかに歩くことによって、人間は多くのものを得る。しまいには歩けなくなっても、あのときの体験によって私は、心の遍歴は生涯つづけることができるであろう。

巡礼というと、私たちはすぐお遍路さんを想像するが、それは四国八十八箇所の名称で、西国三十三箇所では、お遍路さんとはいわず、単に「巡礼」と呼んでいる。前者は、弘法大師の足跡を巡る道、後者は、観音信仰に起こったもので、歴史は西国巡礼の方がはるかに古い。そのほか関東にも、秩父にも、その他の地方にも、「霊場」と名づける所は多いが、いずれものちにできたもので、何といっても巡礼は、以上の二つに代表されており、交通が便利な西国よりも、四国の方が昔の面影をとどめているといえよう。今もいったように、私は西国巡礼しかしたことはなく、それも取材のためであった。いつの日か、何の目的も持たず、一介のお遍路さんになって、四国八十八箇所を回ってみたいというのが私の夢である。私は日本だけでなく、外国も至る所、旅行しているが、四国だけは未だに行ったことがない。そのときのために、大事にとってあるのだ。だから菜の花の咲く頃になると、おちおちしていられない。今も、今年も駄目か、そう思ってがっかりしているところだが、人生はくまなく知ることが能ではあるまい。したいことの一つや二つ残しておいた方が、余韻があっていいのではなかろうか。

（初出不詳。一九七〇年頃）

あかねさす　紫野

あかねさす紫野行き標野行き野守は見ずや君が袖振る　額田王

紫草《むらさき》のにほへる妹を憎くあらば人妻ゆゑにわれ恋ひめやも　大海人皇子

「万葉集」の中でも、ことさら光ってみえるこの相聞歌は、天智七年、近江の蒲生野で遊猟が行われた時に詠まれたという。天智七年と言えば、大津に都を遷した翌年のことで、宮廷では即位につづいて様々の行事が行われていた。この時も、皇太弟をはじめとし、藤原鎌足ほか、皇子や群臣がことごとく従うといった華やかなものであったらしい。

周知のとおり、額田王は、はじめ大海人皇子（天武天皇）の愛人で、後に天智天皇の後宮に入った女性である。例の三山の歌とともに、三角関係の代表のようにいわれ、壬申の乱の元を作ったという人もいる。が、実際にはそんな面白い話ではなかったと思う。当時の男女関係は、今の我々には不可解なことが多く、どこまで信用していいかわからない。ここにあげた相聞歌にしても、並びいる群臣の面前で、高らかに謳いあげるとは不思議ではないか。第一彼らは、公けの席で人目をしのぶには、年をとりすぎていた。額田王と大海人皇子の間には、十市皇女が生れており、大友皇子と結婚して、孫まであった筈である。せいぜい若く見積っても、彼女は三十四、五歳、皇太弟は五十に近い年頃であったろう。勿論天智天皇も皇子たちも、その席にいて、二人の間に取り交される歌を耳にし、拍手喝采したかも知れない。とすれば、いよいよ妙なことになる。これはどうしても一種の戯歌、といって悪ければ儀礼の詠歌で、誰もがよく知っている過去のロマンスを題材に、当座の興に詠んだものに違いない。三山の歌も、元は「播磨風土記」の伝説で、天皇の御製というより民謡に近い。すべてそうした歴史的背景を取り去って、味わってみると、額田王の歌は技巧的で、皇太子の返しにもほんとうの心がこもってはいない。同じ額田王でも、左の歌とはまったく趣がちがう。

　君待つと吾が恋ひをれば吾が屋戸の簾うごかし秋の風吹く

「当り前のことを淡々といっているようであるが、こまやかな情味の籠った不思議な歌である」と、斎藤茂吉も評しているように、恋歌とはまさしくこのようなものだろう。詞書に、「近江天皇《あふみのすめらみこと》を思ひて作る歌」とあるのを見ると、前述の歌とほぼ同時期に詠まれたもので、彼女が皇太弟だけ慕いつづけたとは考えられない。とかく私たちは万葉調には弱い。「あかねさす」とか、「にほへる妹」などの詞に、テもなく参ってしまう。が、ひるがえる袖の媚態や、紫草の色香にまどわされてはなるまい。たしかに傑作には違いないが、大向うを狙ったような感じがあり、また事実そうであったと私は思う。

当時の遊猟は、一種のお祭りであり、儀式でもあった。原型は中国から来たもので、即位の年の五月五日、宮廷人が盛装して、薬狩を行うのが慣例となっていた。「あかねさす」は単なる枕言葉ではない。あかねも紫草も、貴重な染料であると同時に、薬にも用いたから、それに因んで詠みこんだのであろう。大量に採集されることの祈りも、そこにはこめられていたにちがいない。ひいては天皇の健康を祝福する意味もふくまれていたに違いない。額田王がどういう立場にあった人か、詳しいことは知らないが、代作などもしたところをみると、宮廷の行事には必ず侍って、歌を詠むことを仕事としていたらしい。それでもなおかつこの歌が、単なる儀礼や祝福の詞に終らなかったのは、彼女の才能と機智による。それ以上に、ユーモアを解する女性で、天智・天武の両帝を向うに廻して、からかっているように見えなくもない。「野守は見ずや」といい、「君が袖振る」といどまれては、昔の恋人として一言あらずばなるまい。そこで、「人妻ゆゑに」愛さないことがありましょうか、と報いたが、拍手喝采した人々の歓声が聞えるようである。

まことに色気のない話になってしまったが、歌の方の色気はありすぎる程ある。自然描写など一つもないのに、紫に霞む近江平野を、散策する人々の姿が目に浮ぶ。実際にも湖東の岡の上に立って蒲生野を見渡す時、私たちは「あかねさす……」と口ずさまずにはいられない。比叡山に日が落ちると、一瞬あたりはあざやかな夕焼に染まり、やがて山の影も、川の流れも、紫の靄の中にとけこんで行く。技巧的な歌と私はいったが、その技巧が目立たないのは、額田王にとって、近江の自然が、極めて親しいものであったからに違いない。彼女は鏡王の娘で、蒲生野の西北にそびえる鏡山の付近で育ったといわれている。これには異説もあって、大和の額田の生れともいうが、近江の坂田郡も古くは額田の国といい、鏡女王（天智天皇の妃で、後に藤原鎌足の夫人となった）の妹であってみれば、近江説の方が正しいと思う。この一族もたいそう古い家柄で、鏡神社には、新羅の王子天日槍の日鏡を祀ったと伝えている。鏡作りを専門とし、付近に須恵などという地名があるのをみると、先祖は帰化人であったかも知れない。家系からいっても、祭事とは密接な関係にあり、故郷の野べで行われる狩猟には、欠くことの出来ぬスターであったろう。見物人を意識したのは当り前のことで、意識したからあのように魅力的な歌が生れたのである。だが、どちらかといえば、私は「君待つと……」の歌の方に色気を感じる。大向うをうならせる手腕と、ひとり呟くささめ言と、その両方を兼ねたところに彼女の真価がある。天智・天武両帝に愛されたのは当然といえよう。

蒲生野は広い。北は安土から南は水口のあたりまで、西は鏡山から東は日野のはずれに及び、湖東・湖南の平野の大部分を占めている。ということは、つまりはっきりしないのであって、まして薬狩がどこで行われたか知る由もない。紫草は高原に適しており、昔は「野」といっても、山の裾野を意味したから、薬狩は平野の真中より、山よりの高燥な地帯で行われたと思う。現在は八日市の田圃の中に、万葉の碑が立っているが、なくもがなである。そんな風に限定されると、想像する自由を失うし、自分で探してみるたのしみもなくなる。だが、私が蒲生野にひかれる理由はそれだけではない。

いつのことだったか、亡くなられた水野清一氏が、京大の考古学教室へ連れて行って下さったことがある。その時、発掘品が並んでいるガラス戸棚の隅に、美しい童子の首があるのに気がついた。うかがってみると、近江の雪野寺で発見されたものとかで、大雨でくずれた塔跡から、村の人が掘り出したという。ほかにも四天王の塑像や断片などがあったが、忘れてしまった。童子の顔から目が離せなかったからである。

それはむざんに壊れており、不器用についだ傷あとが痛々しかった。が、秀でた眉の線のたしかさ、唇と顎のあたりのふくよかなぬくもりは、あきらかに白鳳の面影を伝えていた。軽く閉じた両眼からは、今にも涙の一滴がこぼれ落ちそうで、その崇高とも無心ともいえる表情から、私は拝んでいる姿を想像した。おそらくこの童子も、法隆寺五重塔の群像と同じように、誰かの供養のために造ったものに違いない。が、白鳳と天平の差は歴然と現われており、法隆寺の童子像には、このような端正な優しさはない。それだけ見れば美しく、愛らしい塑像だが、極端なことをいえば、原型と模倣、人間と人形ぐらいの違いがある。このような群像を擁していた塔は、どんなに見事な建築であったことか。雪野寺の名が忘れられなくなったのは、その時以来のことである。

が、水野さんに伺ってみても、近江のどこかというだけで、はっきりした所在はわからなかった。「竜王寺」という名前に変っていたからである。それが蒲生野の竜王山にあることを知ったのは、ずっと後のことで、しかも名神高速道路のすぐ傍らにある。栗東のインターチェンジから、三上山をすぎると、程なく左手の方に南北につらなる丘陵が見えて来る。それが竜王山で、横長にのびた姿は、いくらか竜に似なくもないが、すこし名前負けするほど平凡な山で、すぐそばを日野川が流れ、細い板橋がかかっているのが、車のなかからもよく見える。その度毎に、美しい童子の顔が現われては消えて行ったが、訪れる機会はなかなか来なかった。どうせ行ってみたところで、何もないのはわかっていたし、景色にも魅力がなかった。高速道路からは、すぐそこに見えているのに、行くのは面倒なところらしく、道がわからなかったためもある。そうして二十数年の年月が流れた。

先日、近江の宇野健一氏にお会いした時、ふと思い出してその話をした。宇野さんは、親の代からの郷土史家で、特に石造美術の研究では知られている。近江の山は隅から隅まで歩いていられるので、むろん雪野寺についても詳しかった。地図を書いて教えて下さった上、歴史には書かれていない竜王山の由来も話して下さった。今、私は平凡な山だといったが、宇野さんの説によると、ほんとうの竜王山は日野の奥にあり、日野川はそこから発して、湖南平野をうるおし、雪野山（竜王山）の北で湖水に入る。竜神の信仰は、この川にそって、はるか南の山中から北上したというのである。

なるほど地図で見ると、日野町の東の鈴鹿山中に、竜王山という山があり、日野川と佐久良川は、そこから流れ出て、雪野寺の手前で合流する。その流域には、鬼室《きしつ》神社、綿向神社、石塔寺、苗村《なむら》神社などが点在し、古い歴史の道であったことを示している。帰化人と関係があるらしいことも、私には興味があった。

思い立ったが吉日と、翌朝は早く京都の宿を出た。十二月にしては暖かすぎるためか、琵琶湖の周囲は霧が深く、目じるしになる三上山も今日は見えない。中山道は、小篠原を経て、鏡山、竜王山とあまり高くない丘陵がつづいて行くが、そのいずれにも大きな古墳群があり、銅鐸もこの辺からたくさん出土している。大津の周辺とともに、近江ではもっとも早く開けた地方であろう。鏡神社は鏡山に面して国道のすぐ傍らにあり、境内は殺風景だが、建築は南北朝のもので、さすがにどっしりした風格を見せている。

そこから南側へ渡った松林の中に有名な鏡山の宝篋印塔《ほうきょういんとう》が建っている。川勝政太郎氏の説によると、ふくろうを彫った塔身は、「中国の銭弘俶の金塗塔の伝統を示す」というが、閑散とした赤松林の中に、突然、現われた時はびっくりした。このような石塔はお寺の中に建っているより、自然の中で見る方が美しい。それもなるべくなら思いがけなく出会った方がいい。近江はその点理想的なところで、地理や古美術に詳しい宇野さんさえ、山を歩く度毎に、新しい発見をするといわれている。

鏡山にそって、南へ下ると、俗に「善光寺河原」というところに出る。日野川の支流だが、水は殆どなく、見渡すかぎりの荒涼とした砂原は、賽の河原を思わせる。須恵という村には、須恵器の窯跡があり、こんな奥まったところにも、神社や寺が点々と建っていることに驚く。鏡山と竜王山は、日野川をへだてて、東西に並立しているが、薬師というところで左折すると、川守という集落があり、そこで車を捨て、例の板橋を渡って、雪野寺に行きつく。

こう書いてしまうと簡単だが、途中で何度も迷ったので、思ったよりも長くかかった。が、こういう所は、道草をくった方が面白いこともある。例えば善光寺河原から川守の間は、殆ど砂原か湿地帯で、かつては鏡山と竜王山の間を、日野川が満々と水をたたえて流れていたに相違ない。そこには二つの豪族が、大河をへだてて対立し、それぞれの神山を擁して生活していた、そういう風景が彷彿とされる。私たちはいつも中山道から眺めているので、ついそちらが表と思いがちだが、常識からいっても、東南に面して住むのが自然であろう。鏡山の裏（南）に、古墳や窯跡があるのをみても、こちら側が表であったことがわかる。

名神高速道路から、目の下に望める日野川も、近くへ来て見ると、意外に離れている。高速道路は下からは見えず、例の板橋は先日の台風で流れて、修理の最中であった。これでは水の中を渡らなくてはならない。困っていると、工事をしていた村の人たちが、大きな板を浅瀬に渡してくれた。「川守」の名にふさわしい人々である。彼らの話によると、雪野寺は喘息のお呪に効くとかで、去年以来、喘息に苦しんでいた私は、これも何かの御縁かと思う。道はそこから林の中に入り、間もなく明るい原っぱへ出た。

左手の方に、お寺の石段が見え、それに向い合って、美しい姿の神体山が望める。せまい盆地の周囲は、全部山でかこまれ、その真中にぽつんと開かれた平野は、小さいながら一つの国の様相を呈している。冬にしては暖かすぎる陽気だが、盆地の中はことさらのどかで、近くを高速道路が走っていることなど忘れてしまう。あの平凡な竜王山の中に、こんな別天地がかくされていたのか。私たちは、――というのは京都の宿のおかみさんと編集者さんと運転手さんだが――日だまりに座ってお弁当を食べながら、なんていい所だろうと話し合った。「ここの風景は、あの童子の顔に似ていますね」と、編集者さんはいった。

雪野寺は現在「竜王寺」という禅宗の寺になっている。が、通称「野寺」ともいい、その方がこういう所の景色にふさわしい。寺伝によると、元明天皇の和銅三年、行基菩薩によって建立され、度々の兵火に消滅したが、平安時代に再興し、一条天皇から「竜寿鐘殿」の勅額を賜わり、以来、竜王寺と呼ばれるに至ったという。その鐘は今も本尊として鐘楼の中に祀ってあり、奈良時代の美しい姿の梵鐘である。竜頭のところが白い布で巻いてあるが、それについては一つの物語がある。

光仁天皇の宝亀八年（七七七）、吉野の小野時兼という人が病にかかり、川守に住んで、雪野寺の薬師如来に日夜祈っていた。ある日、美しい女が現われて契りを結んだが、三年経った時、時兼に向って、「我は雪野山の奥、平木の池の主」と告げ、玉手箱を形見において立ち去った。時兼は恋しさのあまり、平木の池を訪ねると、女は十丈ばかりの大蛇になって現われたので、驚いて逃げ帰り、形見の箱を開いて見ると、梵鐘が入っていた。一説には、平木の池から鐘を引き上げたともいい、竜頭がしばってあるのは、人目にふれるのをはばかったためである。旱天の時、村の人々が祈ると、必ず雨を降らしてくれるので、霊験あらたかな鐘とされているが、古代の雨乞いに、竜神信仰が結びついて出来上がった物語であろう。

そういう次第で、雪野寺は竜王寺に変ったが、土地の人々は今でも古い名前で呼んでいる。平安時代には、歌枕の名所となり、特にその鐘は特別なひびきをもって聞えていたらしい。

暮れにきと告ぐるぞまこと降り晴るる雪野の寺の入相の鐘　　和泉式部

だが、雪野寺の歴史は、天平や平安よりはるかに古い筈である。それは出土品から推定できるが、見渡したところ、盆地の周囲は全部古墳で、お寺が建っている山の背後には、巨大な石室が現われており、山頂まで古墳がつづいている。寺のほかには、農家が一軒あるだけで、そこで働いている女の人に聞いてみると、「山の中にはどれだけ物が埋まっているかわかりません」と、まるで宝の山みたいなことをいう。きっとそうに違いない。が、それについては何一つ知られてはいず、どんな豪族が住んでいたかもわかってはいない。

ここまで書いて来て、私は、一つの結論に達した。天智天皇が薬狩をしたのは、雪野山に間違いないと思う。大江匡房に次のような歌がある。

蒲生野のしめのの原の女郎花野寺に見するいもが袖なり　（夫木集）

いうまでもなく、額田王の歌を踏えて詠んでいるが、この歌から察すると、平安時代の野寺は、蒲生野のしめ野を指したようである。『大日本地名辞書』には「あかねさす」の歌について、「逝行とつづけたるは行歩の義には相違なきも、雪野山の辺にて、地名を掛てよまれたるにやあらん」とあり、私はこの説に賛成したい。「紫野ゆき標野ゆき」のユキは、野守のノにかかっており、ユキノの縁語だったのである。地形からいっても、山間の平野は、紫草に適しており、蒲が生えるような湿地帯ではない。それよりこの盆地自体が、既に「標野」の相をなしている。貴重な植物を守るには、だだっ広い野原では無理で、世間から隔絶した、狭隘な土地を必要としただろう。せまいといっても、宮廷人が薬狩をするには手頃な面積で、かりに大海人皇子が袖を振ったとしても、ここなら必ず見ることが出来る。おそらく天皇の行在所は、山の中腹の寺が建っているあたりにあり、額田王がそこから眺めていたとすれば、一幅の絵画になる。歌の姿が大きく、動きがあるために、広々とした野べを連想しがちだが、万葉の歌の場合、現実の舞台の方は極く小さいのがふつうである。

古墳の主の名はわからないが、鏡氏が鏡作りを専門としたように、彼らは薬草を栽培するかたわら、標野の守護も兼ねたであろう。もしそれが朝廷の直轄ではなく、一時的な標野であるなら、あかねや紫草を専有した人々は、非常に裕福だった筈である。「こもりく」と呼びたくなるような和やかな風景、小さな土地に不相応な古墳や出土品が、そういうことを物語っている。小野時兼という人は、或いは彼らの子孫とも考えられるが、寺名も人名も、「野」に関係があるのは注意していい。すべてそうしたことが不明になったのも、立入禁止の標野であったからで、雪野寺の美しい名前だけが、歌枕として後世に残った。今あげた大江匡房の歌は、たしかに万葉の紫野であったことを示しており、少なくとも平安時代には、未だそういう記憶を止どめていたと思われる。その紫草も今はなく、ひと本の女郎花が、額田王の魂のようにゆれている——匡房はそういう情景を想像して（または実際に見て）、昔を懐かしんだのではないだろうか。

そこから私たちは南下して、日野へ向った。蒲生野もこの辺まで来ないと、ほんとうに広いという実感が湧かない。見渡すかぎりの肥沃な平野に、日野名物の赤かぶが干してあったりして、実にのんびりとした景色である。遊猟が行われた頃には、このあたり一帯は未開の原野で、日野牧と呼ばれた朝廷の牧場が新設され、今も馬見岡《まみおか》、馬見分《まみわけ》、廐上などの字《あざ》に、当時の名残りを止どめている。天智九年には、百済の王族と貴族七百余人が移しおかれ、「日本書紀」には、天皇自身も「蒲生野のヒサノ野（日野の古名）に幸して、宮地《みやどころ》みそなはす」とあり、都を遷す計画もあったらしい。それは実現されずに終ったが、むろん帰化人との関係によるもので、もし遷都したとすれば、奈良時代の歴史はかなり変っていたはずである。

日野はそれから幾星霜を経て、近江商人の根拠地の一つとなった。彼らが帰化人の直系の子孫とはいわないが、その商法には日本人離れのしたものがある。近江の中でも帰化人の伝統が濃厚な蒲生野に、そういう特殊な人種が生れたというのは、偶然の出来事とは考えられない。今も町内を歩いてみると、どっしりした構えの家が立並び、白銀町、鍛冶町、呉服町、紺屋町、塗師町などの町名に、昔の繁栄を偲ぶことができる。日野町の特徴は、非常に細長いことと、一軒一軒の家の塀に、格子ののぞき窓がついていることで、これは綿向神社の祭礼を見るためにしつらえたものと聞く。その神社は、長い町の東のはずれにあり、黒々とした森を背景に、宏壮な社域を占め、町全体が神社を中心に生活を営んでいることがわかる。

正しくは馬見岡綿向神社と称し、「近江輿地志略」によると、欽明天皇六年（五四五）鈴鹿山脈の綿向山から、「村井今の地に」勧請されたという。現在も奥宮は、綿向山の頂上にあり、ここは「里宮」に当るのであろう。本殿の右手に「村井御前社」というのがあるが、これがおそらくはじめの地主神で、日吉大社の場合と同じく、勢力のある神にのっとられたのである。社殿の前には、桜の神木があって、立札の説明を見ると、「御前桜」といい、祭神は置目で、このあたりを「置目の森」といった、と記してある。記紀を読んだ読者は、顕宗紀に記されている置目という老女を記憶されているに違いない。清寧・顕宗両帝は、雄略天皇に殺された市辺押磐皇子《いちのべのおしはのみこ》の御子で、父の皇子の墓所が不明であったのを、この老女が知っていると申し出た。日野から程近い音羽という村には、押磐皇子の墓と伝える古墳があり、その周辺には皇子に関する伝説がたくさん残っている。綿向神社に置目が祀ってあるのを見ると、彼女は日野の豪族の祖先であったに違いない。

神社の背後の岡には、例によって古墳が密集しており、古代から現代に至る墓がぎっしり並んでいる。墓場といっても、南向きの気持のいい高台で、のどかな平野のかなたに、神社の森と、日野の町並みを見はるかす風景は、不思議な暖かみを感じさせる。農耕民族の「共同体」という言葉は、こういう所へ来てみないと、ほんとの在り方がわからない。それは空間的な意味だけでなく、時間的にも、過去と現在が渾然ととけ合って、一つの世界を形づくっているのだ。

(ここまで辿りついた時、不本意ながら日が暮れてしまった。以下は、別の日に再び日野を訪れた時の記録である)

日野の町をはずれると、道は次第に登り坂になる。音羽から左へ折れると、西明寺という寺を経て、竜王山に至るが、真直ぐ行くと、蔵王から平子をすぎて、熊野という集落へ出る。私たちはとりあえず竜王山へ向うことにした。

道路は整備されているが、登るにしたがって急坂となる。西明寺に近づくにつれ、蒲生野の全景が現われ、遠くの方に、三上山が見え、比叡山が霞んでいる。湖東三山の一つにも西明寺という寺があるが、これはそれとは違ってささやかな山寺にすぎない。が、歴史は古く、聖徳太子の建立と伝え、茅葺屋根のお堂の中に、秘仏の十一面観音を祀っている。竜王山がすぐ後方にそびえているが、私が想像したのと違って、綿向山の一部にすぎず、日野川の水源でもなかったが、支流はいくつも流れ出ているから、水源といっても間違っているわけではない。地図で見ると、竜王山の奥には、「雨乞岳」と呼ぶ高峰（一二三八メートル）がそびえており、野洲川も愛知川も日野川も、湖南の大河はすべてそこから発している。名前を見ても、竜神信仰の源であることがわかるが、雪野山の鐘にまつわる伝説も、雨乞岳から出て、平木の池の竜女に変じて行ったのであろう。西明寺と熊野の間には、林道が通じているが、道がわからないので、また音羽まで引返す。そして、今度は日野川伝いに、蔵王、平子を経て、熊野を目ざした。その名からも知れるように、修験道の匂いが濃厚なところだが、最近三重県の湯の山温泉へぬける新道が出来たので、道は案外いい。が、平子からは林道へ入るので、視界はまったくなくなってしまう。

宇野さんのお話では、平子から先は、皮を身につけることがかたく禁じられ、靴までぬがされたという。が、今はそんなことはない。しばらく林の中を行くと、突然目の前が開け、谷をへだてた向う側に、白壁の美しい村が現われた。熊野である。わずか十軒ぐらいの小さな山村だが、静寂そのものの環境は、心の底まで浄められる思いがする。その村の中には、老樹にかこまれた熊野神社が建ち、おきまりの神体山もそびえている。その山中には、「熊野の滝」もあると聞いたが、行ってみることは出来なかった。後でしらべたところでは、音羽には「新宮」があり、蔵王村には「本宮」もあって、熊野三山の形式は全部ととのっている。「日野の蒲桜」といって、この辺は昔から桜の名所であったが、それも吉野を模して植えたといい、佐久良川の名もそこから出た。そういえば、綿向神社の神木も、桜であったことを思い出す。それらはすべて熊野系統の山伏が造ったもので、もはや信仰というより執念である。「あかねさす紫野」の歴史は、私が考えていたより、はるかに奥深い。小野時兼は、吉野の人だったというが、実は修験道の山伏で、故郷の雪野山に帰って、竜神の信仰を拡めたのではなかろうか。

小野の一族も、山伏たちも、お話を作ることの名人である。私はふと、「法螺吹き」という言葉を思い出して、おかしかった。が、何と私たちの文化は、彼らのお喋りと法螺に負うところが大きいことか。私は再び綿向山を仰ぎ、夕日に輝く蒲生野を眺めた。そして、今までとはまったく違う気持で、額田王の歌を口ずさんだ。

（『芸術新潮』一九七三年二月号）

沖つ島山

近江の中でどこが一番美しいかと聞かれたら、私は長命寺のあたりと答えるであろう。はじめて行ったのは、巡礼の取材に廻っていた時で、地図をたよりに一人で歩いていた。近江八幡のはずれに日牟礼《ひむれ》八幡宮が建っている。その山の麓を東へ廻って行くと、やがて葦が一面に生えた入江が現われる。歌枕で有名な「津田の細江」で、その向うに長命寺につらなる山並みが見渡され、葦の間に白鷺が群れている景色は、桃山時代の障壁画を見るように美しい。最近は干拓がすすんで、当時の趣はいく分失われたが、それでも水郷の気分は残っており、近江だけでなく、日本の中でもこんなにきめの細かい景色は珍しい。京都の簾屋《すだれや》は、ここの葭《よし》で簾やよしずを作っている。その中でも、「大神《だいじん》葭」と「弥勒葭」は最高のもので、前者は太くて長い種類、後者は簾に編むとむらむらと美しい文様が現われる。昔、葭の中に弥勒菩薩が出現したので、その名を得たというが、石仏か何かが水中に埋没していたのであろうか。土地の人々は、今もその仏を祀っているそうで、そういうところでも、近江は京都にとって、欠くことのできぬ資源を提供しているのだ。

その後、何度か訪れる中に、私は少しずつこの周辺のことを知って行った。長命寺の裏山を、長命寺山とも金亀山とも呼ぶが、それに隣り合って、あきらかに神体山とおぼしき峰がつづいており、それらの総称を「奥島山《おきつしまやま》」という。現在は半島のような形で湖水の中につき出ているが、まわりが干拓されるまでは、文字どおりの奥島山であった。山頂へ登ってみると、湖水をへだてて、水茎の岡の向うに三上山がそびえ、こういう所に弥勒や観音の浄土を想像したのは当然のことといえよう。

津田の細江にかかる渡会橋《わたらい》を渡って、西へ行くと長命寺に至るが、東は安土の近くまで入江がのび、葦の葉かげに、田舟が浮んで、昔ながらの水郷風景が味わえる。安土の背後には、観音寺山がゆったりした姿を横たえ、南はさえぎるものもない内湖の風景で、その先に蒲生野が開けている。巡礼の時はかけ足だったのでわからなかったが、昔の巡礼たちは、若狭から今津へ出、そこから船で竹生島（三十番）を経て、長命寺（三十一番）へ渡り、更に観音正寺（三十二番）へと水路を利用したのであろう。巡礼の道がよく工夫されていることには感心するが、そういう楽しみがなかったら、大衆の間にあれ程はやった筈はない。しかも終りに近くなって、うんざりした頃に、浄土の気分を満喫させることは、心にくい方便ではないか。

近江の中でも、一番空が広いのはここかも知れない。そんなことを考えながら、安土の方を眺めていると、なぜ信長があんな所に城を築いたか、うなずけるような気がして来る。湖水からつづく津田の細江は、そのまま安土城の堀へ直結し、交通に便利であっただけでなく、天然の要害をなしていただろう。観音寺山を背景に、ただでさえ広い蒲生野の一角にそびえる天守閣からは、殆ど近江全体が見渡され、三方水にかこまれた白亜の建築は、竜宮城のように美しく、あたりを圧して君臨していたに違いない。こういう所を発見しただけでも、信長の天才がうかがえるが、安土を選んだのは他にも理由があったと思う。

五月雨は津田の入江のみをつくし見えぬも深きしるしなりけり　（続後撰集）

と謳った覚盛法師は、平重盛の孫で、織田氏の先祖であったという。平家が滅びた時、母親にともなわれてここに逃れ、津田氏を名のって北津田に住んでいたが、信長は祖先と縁故のある地を選んで、築城したのではあるまいか。正確にいえば、覚盛法師の邸が遠望される所に善美をつくした城を築いたので、いかにも信長がやりそうなことである。その城もわずか三年足らずで滅び、跡かたもない。「国破れて山河あり」。だが、その山河も今や累卵の危きに瀕している。

いわゆる「大中の干拓地」は、入江のすぐ傍まで押しよせており、先年、縄文時代の遺物が発見されたことは前に述べた。殺風景な干拓地を右に見て、奥島山の裏側へ廻って行くと、突然目の前が開け、夢のような景色が現われる。小さな湾をへだてて、「沖の島」が湖上に浮び、長命寺の岬と、伊崎島が、両方から抱くような形で延びている。静かな水面には水鳥が群れ、松吹く風も鳴りをひそめて、真昼のしじまの中に、この世の浄土を楽しんでいるかに見える。長命寺のあたりも美しいが、奥島山の裏に、こんな絶妙な風景が秘められているとは知らなかった。竹生島と並んで、沖の島も、かつては神の島であったに相違ないが、かくれていたために俗化をまぬかれたのであろう。聞くところによれば、保元の乱に敗れた源氏の落人が住みつき、その子孫が昔のままの生活をいとなんでいるという。例によって、私はすぐにも行ってみたかったが、誰に訊ねても知っている人はなかった。

　この浜辺を「宮ヶ浜」といい、王浜、王浜山、白王など、奥島山をめぐって、王とか宮のついた名称が多い。「近江輿地志略」によると、惟喬親王が住んだとも、聖徳太子や天武天皇が来られたとも伝え、その時むべ（あけびの一種）を供御に奉ったのが恒例となり、延喜式にも、郁子《むべ》を朝貢としたことが記されている。宮廷と親密な関係にあったために、以上のような伝説が生れたのであろう。「むべ山」という山もあり、その付近には弥生の遺跡があるというから、実際にはもっと古くから豪族たちが住んでいたのかも知れない。

宮ヶ浜から先、長命寺に至る間を「松ヶ崎」といって、美しい松原がつづいている。写真にあげたのは室町時代の長命寺の絵図で、それについてはちょっとした因縁話がある。実はこの絵図を私は前から探していたが、フランス人の手に渡ったとかで、あきらめていた。先日、景山春樹先生に他の用事で電話をかけた際、ふと思い出して伺ってみると、その絵図は最近日本に帰って来た。今、繭山龍泉堂にある筈だから、聞いてごらんなさい、ということで、早速電話するとはたしてあった。今度はスイス人の手に渡っていたが、そのスイス人も私たちがよく知っている人で、撮影するのはさし支えないという。その時繭山さんの若主人に聞いた話では、去年パリへ行った時、この絵図が売立てに出たので、熊野曼荼羅と思って買って来た。お父さんに見せると、これは長命寺の絵図で、自分が十年前にフランス人に売ったものだといい、大変喜んだそうである。世界は広いようでせまい。時々そういうことが起るから、骨董は面白いのだが、あの時景山さんに伺わなかったら、私は一生お目にかかることはなかったであろう。特に傑作という程のものではないが、民芸風な面白味があり、当時の風俗がよく描かれている。

このような絵図を見る度に、私は日本人の自然観に興味を持つ。いうまでもなく、この種の絵画は、曼荼羅から出たもので、礼拝するために造られている。その原型は、密教の両界曼荼羅にあるが、極度に抽象化され、図式化された仏教の宇宙観は、一般の日

長命寺参詣曼荼羅図

本人には向かなかったのだろう。次第にくずれて、或いは春日曼荼羅となり、日吉曼荼羅となって、神仏は混淆し、しまいには風景画か地図のようなものに変じてしまう。絵画と違うところは、完全に一つの「文様」として描かれていることで、そこに辛うじて原型の名残りを止めている。しょせん日本人の信仰は、自然を離れて成り立ちはしないのだ。絵図にはむろん絵ときもともなったと思うが、長命寺の景観を通じて、極楽浄土を感得させようとしたに違いない。後ろの方には、沖の島らしいものも見え、いわば長命寺の奥の院に当ることを暗示している。寺も山も島も、そこに集まる善男善女も、それらすべてをふくめたものが、この種の絵図が示そうとした宇宙観ではなかろうか。そこには密教の曼荼羅に見られる厳しさや、大きさがないかわり、日本の風土がもたらす明るさと親しみに満ちあふれている。それは小さいながらにまとまった一つの世界の表現で、「曼荼羅」であることに変りはないが、一体外国人はそこに何を見るのか、持主に尋ねてみたい心地がする。

寺伝によると、長命寺は、景行天皇の御代に、武内宿禰《たけのうちのすくね》がここに来て、柳の古木に長寿を祈ったのがはじまりである。その後、聖徳太子が諸国巡遊の途上、この山へ立ちより、柳の木に観世音菩薩を感得した。その時、白髪の老翁が現われて、その霊木で観音の像を彫ることを勧めたので、寺を造って十一面千手観音を祀り、武内宿禰に因んで「長命寺」と名づけた。歴代の天皇の信仰が厚く、近江の佐々木氏の庇護のもとに発展し、西国三十一番の札所として栄えた。景色がいいのと、名前がよかったことも、繁栄をもたらす原因となったであろう。寺の由来はどこでも大体似たようなものだが、ここで気がつくのは、武内宿禰と、おそらくその化身である白髪の翁と、同じく長命を象徴する柳が欠かせないことで、今でも柳で作ったお箸を寺では売っている。この他にも伝説は無数にあるが、以上の三つは欠かせないもので、古代信仰の神山（奥島山）に、柳の神木があったことは確かである。近江は神功皇后の故郷であるから、武内宿禰と結びついたのは自然だし、オキナガとか、オキナガタラシという名称も、長寿と関係がありそうな気がする。山内には大きな磐坐がいくつもあり、絵図に見るような滝も落ちていて、仏教以前からの霊地であったことを語っている。

去年の秋の一日、私はつてを求めて、長命寺の港から、沖の島へ向って船出した。船出というのは恥かしいくらいの小さな漁船で、奥島山の岬を廻って、宮ヶ浜をすぎると、二、三十分で着いてしまう。『大日本地名辞書』にも、「周二十余町の岩嶼にして、居民五六十口あり漁戸也」とあるように、島には殆ど平地がなく、細長い村の中に、たった一本のせまい道が通っている。役場もみつからないので、とりあえず私たちは小学校へ行ってみた。生徒たちは帰った後で、教頭さんが相手をして下さる。その方から聞いた話によると、沖の島は頭山《かしら》と尾山にわかれ、現在は一五二軒あって、近江源氏（佐々木氏）の落武者の子孫ということだが、はっきりしたことはわからない。畑は殆どなく、漁師ばかりなので、貧しいわりに、生活ははでである。娯楽が少ないため、お酒をよく飲み、昔はバクチも盛んで、その為に身代かぎりをした人もいる（そう言えば、私たちが乗った船にも、お酒が山と積んであった）。大漁やお祭りの時には、山上の平地に村中が集まって、酒盛りをし、男も女も賑やかなことが好きである。殆ど外部のものとは結婚せず、湖水のことを「海」と呼び、産湯から死水まで、その水にたよっていることを自慢にしている、等々、漁師町の気風が知れて面白かったが、私が興味を持ったのは、沖の島には私有地がなく、「大網三番」といって、三人の網元がクジ引きで持場を定め、収獲は島民全体でわける。昔のままの共同体の生活というか、完全な共産が行われているということであった。

村には大きな寺が二つあって、いずれも浄土真宗である。それは蓮如上人が、北陸へ往復の途上、嵐に遭って流れついたからで、三月から四月へかけて吹く比叡おろしを、「三月疾風《ばやて》」といい、今でもその頃になると、湖の交通が途絶する。教頭の茶谷先生も、お寺の出で、昔、先祖の妻が乳飲児を残して亡くなり、成仏できず幽霊になって現われるので、夫が白山権現に祈ると、蓮如上人に会えというお告げをうけた。上人が荒蓆の上で名号を唱え、その名号を書いた衣の袖をちぎって、幽霊に与えると、女は直ちに成仏して、その後は現われることもなかった。感激した夫は、蓮如の弟子となり、道場を建てて、妻の冥福を祈り、宗旨を拡めることにつくしたという。

波の音の聞える浜辺で、南につらなる奥島山を眺めながら、子孫の口からそういう昔話を聞くと、若い母親の悲しみが、ひしひしと伝わって来る。はじめは沖の島も禁足地だったに違いないが、いつの頃か漁師が住みつき、浄土真宗が盛んになった後は、神も姿をひそめたのであろう。茶谷さんにうかがっても、祭祀場の跡も、磐坐らしいものもない。わずかに赤崎という港で、しじみかきの漁夫が古銭を拾ったことがあり、昭和のはじめ頃には、和同開珎が大量に発見されたと聞く。この沖を通る人々は、お賽銭を投げて、島の神に航海の無事を祈ったに違いない。沖の島へ渡った収穫は、結局それにつきるが、自動車が一台もない漁村は、ヴェニスの裏街を思わせ、公害や騒音と縁のない島の一日は、私にとっては忘れがたい思い出である。

だが、沖の島へ私が行きたかった理由は、それだけではない。読者は既に気がつかれたと思うが、沖の島とか奥津島というのは、九州の宗像《むなかた》神社の別名である。正確には、玄界灘にある「沖の島」と、大島の「中津宮」と、内陸の田島に建っている「辺津宮《へつ》」で、陸地でいえば、奥宮、里宮、田宮に相当する。中でも海上はるかに浮ぶ沖の島は、朝鮮との交通史上、重要な地点で、古代から神聖な島として崇められて来た。今でもふつうでは上陸することを許されないが、先年出光興産の後援のもとに、大がかりな発掘が行われ、多くの遺品が発見されたことで知られている。祭神は、天照大神が生んだ三人の女神で、神功皇后の征韓の際にも現われて、航海を助けたといわれる。神功皇后と縁の深い近江に、同じ地名が見出されるのは、偶然ではあるまい。今は祭神もわからなくなっているが、かつては近江の沖の島にも、航海を守る女神が祀られていたであろう。その中の一人を市杵島比売《いちきしまひめ》というのは、竹生島とも親類関係にあるかも知れない。長命寺の近く、奥島山の麓には、延喜式内社があって、「大島　奥津島神社」というが、宗像神社でいえば、大島の中津宮に相当する。沖の島と、奥津島神社と、それに竹生島を入れると、三つ揃って申し分ないが、それなら一番遠くにある竹生島を、「沖の島」に見立てなかった筈はない。どう考えても、これはおかしい。私が思うに、竹生島は別の文化圏に属し、ここには辺津宮に当る所が、別に存在したのではないか。

もう日は暮れかかっていたが、私は帰りがけに、対岸の「大島　奥津島神社」によってみた。夕暮の境内は閑散としていたが、辺鄙なところには珍しく立派な社である。境内を清めているおじさんがいたので、尋ねてみると宮司さんだった。沖の島から帰りだというと、自分もその島の出身だといって、いろいろ話をして下さった。

昔はこの辺全体が入江だったので、それはそれはきれいでした。小さな島がそここに浮んで、今日のような夕暮は、うっとりするような景色だった、といわれるが、田圃をへだてて見る島村の風景は、私の目には充分美しく、昔を知らないことは却って仕合せではないかと思う。

この宮司さんなら、私の疑問をといて下さるに違いない。そう思って、尋ねてみると、案の定、適確な返事が返って来た。ただし、これは自分の私見です、と断って、南に見える近江八幡の日牟礼神社が、その辺津宮に当るといわれる。私は今まで気がつかなかったが、そういわれてみると、思い当る節がないでもない。

八幡山は俗に「宮山」と呼ばれ、地図で見ると、沖の島と、奥島山の直線上にある。度々いうように、古代人のそういう設定は、極めて正確なのである。そのうち二つは「島」であるが、宮山だけは陸地にあり、完全に田宮の性格を備えている。八幡宮には、応神天皇と神功皇后と姫神を祀っており、神功皇后が沖の島と関係が深いのは、いうまでもないことだが、ふつう姫神は仲姫命《なかつひめのみこと》であるのに、ここでは天照大神の御子と、社伝にはっきり断ってある。八幡山は、桃山時代に秀次の居城となったために、遺跡が破壊されたり、神社の様相が変ったりして、不明な点が多いが、最初は宗像神社と同じように、市杵島比売を祭神としていたのではなかろうか。その姫神が地主神として鎮座した社に、平安時代に応神天皇と神功皇后が勧請され、八幡宮の形式を備えるに至ったのであろう。

日牟礼の語源はわからないが、記紀には、応神天皇が淡海の国に幸した時、和邇《わに》の比布礼使主《ひふれのおみ》の女、宮主の矢河枝比売《やかわえひめ》を召して、菟道稚郎子《うじのわきいらつこ》を生んだとある。そのヒフレから出たともいわれ、現に日牟礼神社には、矢河枝比売も合祀されている。「宮主」という名称にも、神女のにおいがしなくはない。その時、応神天皇が矢河枝比売に贈った歌を、私は「近江路」の章に記し（本書は未収録）、その中に、「イチジシマ　ミシマ」という詞があった。イチジシマは竹生島で、ミシマはその美称と解釈されているが、宮司さんの説では、ミシマは三島で、沖の島と、奥津島と、宮山（八幡山）を意味するという。また、琵琶湖の北方には、「八合《やごう》神社」があり、湖南には「矢河《やごう》神社」があって、ともに矢河枝比売を祀っているといわれたが、奥島山の周辺に、矢河枝比売の伝承がたくさん残っているのは興味深い。

息長氏とともに、近江に勢力のあった和爾の一族は、このあたりまで進出していたのであろうか。「古事記」では、応神天皇が、山城の木幡で麗わしい姫をみそめたことになっているが、宇治も木幡もここからそう遠くはなく、相聞歌の中に近江の地名を詠みこみ、その美しさを讃えているのは、「宮主」の姫への御挨拶とも受けとれる。天皇はこの妃を深く愛されたようで、王浜、宮ヶ浜などの地名は、その二人の恋の遺跡のようにも想像される。

玄界灘の沖の島では、日本のものに交って、朝鮮の祭器がたくさん発見された。してみると、近江の沖の島にも、帰化人の息がかかっていなかった筈はない。……ここまで書いた時、ふと私の目の前に、白鬚神社から東の方を見渡した時の風景が浮んだ。湖水の中の鳥居に、すっぽりはまりこんだ工合に、長命寺の岬が見え、沖の島が霞んでいる。その時私は、妙な気持がした。もしかすると、この鳥居は、向う側を遥拝するために造られたのではないか。いや、そんな筈はない、とすぐ思い返したが、その印象がぜんぜん間違っていたとは思えない。鳥居は白鬚神社のものに違いないが、同時に、沖の島を遥拝する目的もあったので、比良の麓に居住した帰化人たちは、玄界灘の荒浪をしのぎつつ、神の島に航海の無事を祈った時の光景を、まざまざとそこに見たに相違ない。鳥居は彼らの記念碑であり、感謝のしるしでもあった。聖徳太子の前に現われた老翁は、武内宿禰だったかも知れないが、その姿には白鬚明神の俤も重なっていただろう。厳島神社の祭神も市杵島比売であるのを思う時、鳥居を水中に建てたことのほんとうの意味がわかるような気がする。

この章を「沖つ島山」と名づけたのは、湖水の周辺の景色にふさわしいと思ったからで、ある特定の、たとえば奥島山についてだけ語りたかったわけではない。白鬚の翁で象徴されるように、琵琶湖の歴史は古いだけでなく、その自然と密接に結び合っている。そういう意味では、津田の細江から遠望される観音寺山も、広い範囲の「沖つ島山」の中に入る。新幹線から眺めると、あまり特徴のないなだらかな山容だが、裏側は複雑な地形で、五箇荘から安土へかけて、歌枕で名高い奥石《おいそ》の森（老蘇とも書く）、石《いし》馬寺《ばじ》、桑実寺《くわのみでら》、沙々貴神社など、奥島山と相対して、広大な文化圏を形づくっていた。

観音寺山の頂上には、西国三十二番の観音正寺が建ち、四百年にわたって、近江に君臨した佐々木一族の城跡が見出される。寺の後ろの奥の院には、巨大な磐坐があって、この山の歴史が非常に古いことを物語っているが、沙々貴神社が、西側の麓にあるのを見ると、そちらの方が正面であったかも知れない。やはり昔の巡礼は、長命寺から安土へ船で渡り、桑実寺を経て観音正寺へ詣でたのであろう。

沙々貴神社は、はじめ沙々貴山君《ささきのやまぎみ》という豪族が祀っていたが、後に近江の佐々木一族の氏神として栄えた。佐々木氏は「宇多源氏」とも呼ばれ、敦実親王の直系ということになっているが、沙々貴山君との関係ははっきりしない。山君の名が、はじめて書紀に現われるのは孝元天皇の時で、第一皇子大彦命の子孫と伝えている。大彦命は、北陸道を征討した将軍であるから、しぜん近江から越前へかけて、その勢力が浸透したのであろう。次に出て来るのは、ずっと後の雄略天皇の項で、周知のとおり天皇は大変荒々しい人間であった。雄略紀は血なまぐさい肉親の殺戮にはじまる。その犠牲者の一人に、市辺押磐皇子《いちのべのおしはのみこ》がいた。天皇とは従兄弟に当るが、先帝の安康天皇に愛されたために、あらぬ疑いを受け、「来田綿《くたわた》の蚊屋野」におびき出され、狩にかこつけて惨殺されてしまう。その時、狩にさそったのが沙々貴山君韓帒《からふくろ》という人物で、後に市辺皇子の御子たちが位に即いた時（顕宗・仁賢）、あやうく殺されかかったが、死刑だけは辛うじて免れた。かわりに「陵《みささぎの》戸《べ》にあて、兼ねて山を守らしむ」とあり、官職をけずって賤民におとされた、というのである。その陵戸（又は山守部）を支配する位置にいたのが「山君」であった。韓俗は部族の長から、賤民におとされたというわけだ。死刑をのがれたのは、一族の置目という老婆が、市辺皇子の墓の在所を教えたからで、その陵墓が日野の音羽にあることは、前章に述べたとおりである。

現在、市辺の皇子の墓は、八日市の市辺にも、安土の近くにもあって、どちらが正しいか今となっては知る由もない。「古事記」には「其の蚊屋野の東の山に、御陵を作りて葬りたまひて、韓俗が子等を以ちて其の陵を守らしめたまひき」と記してあり、日野の付近と見るのが妥当であろう。市辺皇子は、八日市のあたりを領し、大和朝廷に匹敵する程の勢力を蓄えていた。顕宗紀には「市辺宮に、天下治《あめがしたしら》しし、天万国万押磐尊《あめよろづくによろづおしはのみこと》の御裔《すゑ》」と記しており、大和の天皇家と対立していたことは疑えない。

ササキはミササギから出たともいい、御陵を守るだけでなく、古墳造りの集団も統率していたに違いない。観音寺山は一名繖《きぬがさ》山とも呼ばれ、天蓋のような形から名づけられたが、周囲には古墳が密集しており、祖先の墳墓をきぬがさでおおう意味もあったと思われる。古墳に石はつきもので、麓には奥石、石寺、石馬寺などの名称が見られ、観音寺城や安土城趾の石垣も見事なものである。古墳文化が衰退した後も、近江に優秀な石工の技術が残ったのは、沙々貴山君の伝統による。観音寺山に城を構え、沙々貴神社を祀って、近江に君臨した佐々木の一族が、彼らと無縁であったとは考えられない。鎌倉時代に勇名を馳せた佐々木盛綱や高綱が、「宇多源氏」を称したのは、たとえ先祖が豪族であるといえ、葬儀屋の子孫であることを嫌ったためではなかろうか。そんなことより、武人にとっては、韓帒の汚名の方が堪えがたかったかも知れぬ。元より古い皇別のことだから、皇子の名を借りることを願い出たとしても、朝廷に異存はなかった筈である。名前が同じであるだけでなく、沙々貴神社を氏神にしたことを考えても、彼らは古代の山君の子孫に違いないと私は思っている。

米原の西、関ヶ原に近い清滝という山村に、「徳源院」という寺がある。ひなびた集落をはずれると、桜と紅葉の並木がつづく参道に入り、自然石を積んだ石垣が見えて来る。山門を入ったところには、大きなしだれ桜があり、閑散とした境内には人影もない。そのつき当りの石段を上った土壇の上に、佐々木一族の墓がずらりと並んでいる。

近世の佐々木氏は、本家の六角・京極両家から九十七の分家にわかれ、合計すると二百以上に分派しているという。これはその中の京極家の墓所で、永禄十一年、信長によって攻められ、観音寺城は滅びた。が、六角・京極の末裔は、その後もずっと栄えつづけた。墓は全部同じ形の宝篋印塔で、初代の氏信（永仁三年—一二九五）以下、佐々木道誉（五代高氏）など、十八基の石塔がひしひしと居並ぶ光景は、異様な圧迫感を与える。沙々貴山君の子孫は、ついに石に還ったという感じがするが、千数百年の後までも、氏族の伝統を伝えているのは、不思議でもあり、おそろしくも見える。佐々木氏は山君の血をひいているに違いない。そういう確信を得たのは、この墓を見た時で、以後、私の考えは変ってはいない。

（『芸術新潮』一九七三年三月号）

神々のふるさと

神話の里

去年の秋、鹿児島で講演をした帰りに、宮崎県の西都原《さいとばる》へ行った。西都原には古墳を取り入れた国立公園があり、一度たずねてみたいと思っていたのである。

鹿児島から宮崎へ出るには、日南海岸を経て行くコースと、霧島を越えるドライヴウェイがあるが、私は後者をえらんだ。秋のこととて、有名なつつじも藤も見られず、紅葉にもまだ早かったが、秀麗な高千穂をあおぎつつ行くドライヴは快適であった。えびの高原をすぎて、平野に近づくあたりであろうか、遠くの方に陽炎のような、赤い霞がただよっていることに気がついた。近よってみると、何とそれはコスモスの大群落で、高原の日ざしをあびて、濃い紅に咲いた花が、何キロとなくつづいて行く。そのうねうねとした波のかなたに、ぬっとそびえた韓国岳《からくにだけ》を望む景色は、雄大といおうか壮観といおうか、言語に絶する美しさだ。運転手さんに聞いてみると、それはドライヴウェイが完成した時、県の観光課が、入り口で観光客にコスモスの種を渡し、記念のためにまいてくれと頼んだのが、今日の成果を見たのだという。宮崎県という所は、つねづね観光に力を入れていると聞いていたが、この発想には感心した。観光という事業には、観光客もただ受けとるだけでなしに、積極的に参加すべきである。

その夜は宮崎に泊まり、翌朝早く西都原へ向かった。宮崎からは真北に当たる西都市の高台にあり、車で一時間ぐらいしかかからない。公園は、聞きしにまさる見事さで、理想的に整備されていた。私が理想的というのは自然のままにほうってあるという意味で、そういう風に保存するためには、よほど手間がかかるに違いない。車も外郭だけで、公園の中へは入れず、紙くず一つ落ちていない。すべてそうしたことは、土地の人々によって管理され、交代で見回っているようであった。

やわらかい毛氈《もうせん》をしいたような芝生の中を、美しい小径が通っており、北から西へかけて、多くの神話にいろどられた山々が一望のもとに見渡される。西都の周辺には、無数の古墳があると聞くが、ここはいわばその中心地で、広大な景色の中に点々と建つ大小さまざまの古墳群は、二千年の歴史を秘めて安らかに眠っているように見える。

中で一番大きいのは、男狭穂塚《おさほづか》と女狭穂塚《め》と呼ばれるもので、ニニギの命《みこと》と木ノ花咲クヤ姫の陵墓と伝えられている。その前で私は、面白いおじいさんに出会った。御陵の案内人であろうか、子供たちを集めて、お墓の由来を説明している。が、ただの説明ではない。この辺で発掘された石器や土器を小道具に、身ぶり手ぶりをまじえての大熱演である。天孫降臨の話、海幸・山幸の物語、まるで見て来たように生き生きと描写する。子供たちも目を輝かして聞いていた。私は眼《ま》のあたり古代の「語部《かたりべ》」を見る思いがしたが、どういう風の吹き回しか、一わたり講義がすんだあとで、おじいさんは、御陵の中を案内してくれるという。

「ほんとうは御子孫（たぶん皇室をさすのだろう）しかお入れしないのですが、きょうは特別に」

といって、くまなく見せて下さったが、さすがに「天孫」のお墓はきれいに手入れされており、掃除や樹木の世話に至るまで、村の人々が奉仕しているという。

西都原は、古くは「斎殿《さいと》の原」で、祖先を祭る神聖な場所であったに違いない。現在は西都市の三宅という村に属しているが、三宅はいうまでもなく上代の屯倉《みやけ》で、日向の国府や国分寺の跡もあり、有史以前から文化と信仰の中心地であった。そういう伝統は、たしかに今も生きている。この公園が計画された時も、個人の所有地が多かったというが、競って地所を提供し、それが完成した今日でも、自分たちのものとして、彼らは大切にまもっているのである。真ん中の広場には、立派な博物館もあるが、そういう建物があっては風致を害するといって反対し、わざわざ地下に造らせたくらいである。最近飛鳥《あすか》の保存が問題になっているけれども、いくら外から働きかけても、村民が団結して当たらないかぎり、古跡をまもることは無理だろう。そういう点でも西都原は、名実ともに「歴史のふる里」の観を呈している。

帰りのタクシーの中で、運転手さんがこんなことをいった。――わたしは観光客に土地に伝わる神話を話してやるのですが、みな、そんなことはウソだといって笑う。私だって天孫降臨や海幸・山幸の話を頭から信じているわけではありません。が、そういう話が伝わったという事実は、有り難いことではないでしょうか、と。私は完全に同感だ、と答えた。そして、運転手さんにいたるまでこのような考え方をする日向の国は、まこと「神話の国」にふさわしい所だと思った。

歴史はタマネギの皮みたいなもので、むけば元も子もなくなってしまう。昔の人々は、あくまで真実を語ろうとして、皮をかぶせ、きもので飾ったのだ。それは過ぎ去ったものに対する愛惜《あいせき》の情でもあろう。身をもって歴史を知る人は、歴史家ではなく、実は彼らのような庶民ではないかと私は思う。

葛城の神

先日紀州へ用事があって行くついでに、葛城山の周辺を歩いてみた。大和もこのあたりまで来ると、景色は一変し、葛城・金剛の連山を控えて、雄大なながめとなる。ことに青葉の頃の深く鮮やかな緑には、古代の空気がたちこめているようで、武内宿禰《たけのうちのすくね》や蘇我一族、嫉妬心の強い磐媛《いわのひめのおおきさき》皇后などを育てたのも、こういう風土であったかと想えば、なんとなくわかるような気がしないこともない。

高田から葛城川に沿って南下すると、次第に山がせまって、高原風な景色となり、御《ご》所《せ》をすぎた所から西側の山へ入った村に、葛城一言主の社《やしろ》がある。立て札がこわれて、わからなくなっていたので、ここで私はちょっとした失敗をした。

「ヒトコトヌシのお社はどこですか」

道傍の人をつかまえて聞くと、

「イチゲンさんでっか」

と聞き返されたので、私はうっかり、

「ええ、はじめてなんです」

と、答えたとたん赤くなった。いうまでもなく一見さん（おいらんのいうはじめての客）と、一言さんをとり違えたのであった。

それはともかく、この葛城の神は、「悪事《まがごと》もひと言善事《よごと》もひと言」しかいわないという、単純にして力強い精霊なのだが、土地の人々に、イチゲンさんと呼ばれているのは親しみがあっていい。彼らがどのような信仰をもっているのか、私たちにはそのほんとのところはわからないが、そんなふうに、ほとんど無意識に生活の中にとけこんでいるのが、日本の神の在り方であり、民衆の信仰といえるのかも知れない。

社は美しい松並木の参道から、少し登った丘の上にあり、千年近く経たかと思われる大銀杏と、椋の大木にかこまれて建っていた。ささやかだが、神秘的な匂いのする場所で、森の背後に金剛山の頂が望めた。本殿の横手には「蜘蛛石」と名づける大きな石があって、「古事記」によると、ここに「身は短くして手足長く」、小人のごとき化け物がいて、神武天皇に滅ぼされ、この石の中に封じこめられたと伝えている。が、この山の主は、雄略天皇の頃になると勢力のある立派な神様に成長し、ある時天皇が葛城山で狩りをしていると、まったく同じ姿形の行列に出会ったので咎めると、それが一言主の化身であったという。更に時代が下ると、再び醜い神となり、役行者に使役され、岩橋を掛けることを命じられたのに、醜い姿を恥じて昼は籠り、夜だけ働いたので、約束の期日に間に合わず、罰として石に化せられたという話になる。

一向筋の通らぬ伝説だが、無理に理解しようとせず、一歩退いて遠目に見れば、このあたりを多年にわたって支配した、葛城氏と呼ぶ豪族の、盛衰の歴史とみてもさし支えはなさそうに思う。お能の「葛城」では、女神の姿で現れるが、時と場所によって、名前も形も色々に変化するのが日本の神々の実態である。

なほ見たし花に明けゆく神の顔

芭蕉はこの句を葛城で詠んだという。私の好きな句の一つだが、芭蕉は以上の神話や伝説を知った上で、さて「なほ見たし」といったに違いない。が、作品には作品としての姿があり、伝説など知らなくてもそれはそのままで充足している。いいかえれば、どんなふうに鑑賞しても構わないのが、この句の大きさであり、美しさだ。大銀杏の根方《ねかた》にある句碑の向こうに開ける裾野は、広々として、美しい背景をつくり出しているが、桜の頃はさぞかしと想いやられる。葛城山の精霊が、ふと現れるのもそういう時だろう。芭蕉が惜しんだのは、みるみる明けて行く曙の景色だが、またあえていえば、とらえる手元からすぐ逃げて行く歴史の姿であったかも知れない。

一言主の社から、さらに南へ下った所に、「風の森」という集落があって、高鴨神社というのがある。京都の賀茂の元といわれる社で、静かな池が翠をたたえ、葛城の高間の峰を映している。近くには、高天《たかま》の里という村もあり、土地の人はここを高天ヶ原と信じて疑わないが、日本中のあらゆる神聖な地は、それぞれ自分の高天ヶ原を持っていたのであろう。一言主からここら辺へかけてが、「葛城高宮」の址とかで、仁徳天皇の后磐媛命《みこと》は、こういう風土の中で人となった。歴史の上では、嫉妬深い后としか現れていないが、大型の、溌剌とした女性で、名君で名高い天皇も、さすがに頭が上がらなかったらしい。「古事記」も、「日本書紀」も、この后のことを述べるくだりは生き生きとして、独立した一つの物語を作りあげているが、多くの事件の中でも面白いのは、皇后が紀州へ旅行に行かれた留守に、別な女性を後宮に入れた時のことで、それを知った皇后が、せっかく採って来た大量の御綱柏《みつながしわ》を、ことごとく海に捨ててしまう場面である。

そうとは知らぬ天皇は、わざわざ港までお迎えに来られるが、皇后は一べつも与えず、大和から山城へ行ったきり、難波《なにわ》の宮へは帰られなかった。

つぎねふや　山代川を　宮のぼり　我が上れば　青丹よし　奈良を過ぎ　小楯《をだて》　大和を過ぎ　我が見が欲し国は　葛城高宮　我家《わぎへ》のあたり

という有名な吟誦はその時のことである。その後も天皇はたびたび使いをつかわしたり、ご自身出向いて行かれるが、ついにご機嫌は直らなかった。そこまで下手に出られたのも、背後に葛城一族がひかえていたからに相違ないが、それ以上に皇后の存在が強大だったためだろう。ふつうにいえば、いやな女だが、「記紀」の文章からはそういうものは読みとれない。たとえていえば、葛城の自然そのままの、あるいはまた「古事記」の歌の調べにも似た、自由闊達な風格がうかがわれるだけである。正に磐媛皇后は、その名が示すように、葛城の石から生まれた女性であった。

最近は歴史ブームといわれるが、物の見方が万事、科学的、合理的になって、神武天皇やこの皇后のような、現代人の手におえぬ存在は、ほとんど抹殺されてしまっている。が、どんな人間でも、あまりつっつき過ぎると崩れてしまう。私たちの祖先が、工夫を凝らして作りあげた典型を、われわれ凡人の位置までひきずりおろしてみたところで誰のためにもなるまい。そういうものがほんとうの人間性とは呼べないと思う。少なくとも、私のような無学の徒には、推理小説めいた歴史書より、たとえ少々不合理でも、しっかりした、いかにも人間らしい人間が躍動している物語の方が面白い。証明するとは、殺すことではなく、生かすことをいうのだろう。「なほ見たし」という愛惜が生むのだろう。私は物いわぬ石にふれ、神木の銀杏の肌をなでつつ、しきりにそんなことを思っていた。

道

昔、私が通っていた学校は、明治神宮の外苑の中にあった。青山の練兵場があった所で、木は一本もなく殺風景な原っぱにすぎなかった。雪が降ると、見渡す限り銀世界となる。そこに一筋の道がつく。大方早起きの先生か、用務員さんだろう、最初に歩いた人がつけた道である。雪国では珍しくない風景だが、都会の子供には鮮明な印象を与えた。それが私のはじめて意識して見たみちで、宿命といっては大げさだが、あらかじめ通るところがきめられているような、寂しいような、頼もしいような、妙な気持ちがしたことを覚えている。不思議なことに、後から来る生徒たちは、必ずその道を通った。歩きいいから通ったといってしまえばそれまでだが、人は本能的に安全な道をえらぶものらしい。「けもの道」という言葉があるが、原始時代の記憶が残っているのであろうか。

先日、ラジオを聞いていたら、平城宮を発掘している考古学の先生が、こんなことをいっておられた。天平時代につけた道と、現在土地開発で造った新道は、掘ってみるとはからずも一致しているという。人間は、幸か不幸か、そう変わったことはできないのではないか。だから道にはずれるとか、道を踏みはずすことは不味いのである。「古事記」や「日本書紀」をひもとくと、その頃の人々は道に「美知」の字を当てているが、単なる思いつきではあるまい。美しいものを知る、あるいは知ることは美しい、どちらに解してもいいが、おそらく古代人がみちという時、それは字引に書いてあるような道ではなかったに違いない。念のため記しておくと、字引にはこう書いてある。「ある地点から他の地点へ人や物の通行する所」

私は取材のために旅行することが多いが、取材とは口実で、歩くことが楽しいからである。歩いてみると、土地の風俗とか歴史が、土の中から伝わってくるような気がする。といってドライヴもきらいではない。車も道を通るには違いないが、それは別な次元のことで、みちというより道路とかハイウェイと呼んだ方がふさわしい。あくまでも、みちは歩く所であり、踏みしめるものであって、走って通ったのでは意味がなくなる。たとえば比叡山のドライヴウェイを行って（これは実に気持ちのいいドライヴだが）、伝教《でんぎょう》大師（最澄）の苦労を思い浮かべるのは無理である。が、日吉《ひえ》神社の鳥居をくぐり、木立の中を縫って比叡の山道を登る時、一木一草にも大師のいぶきを感じ、路傍の石にも肌のぬくもりが残っていると思うのは、私だけではないだろう。別の言葉でいえば、ハイウェイは抽象的だが、みちには人間の生活の刻印があり、そのような場合、日本人が英語と日本語を使いわけるのは、たとえ無意識にせよ大変な知恵だと思う。

飛鳥から吉野へ越える古道の一つに、芋峠というのがある。飛鳥川にそって、カヤナルミ、ウスタキヒメなどという神社があり、その明日香《あすか》村には南淵先生《みなぶちせんじょう》の墓や邸跡が遺っている。南淵先生は、中大兄皇子や藤原鎌足の師で、大化改新の大望を抱いて、彼らはこの道を何度も往復したことであろう。少し下って、天武・持統両帝が吉野へ行幸されたのも、この道を通ったと想われる。ようやく車が通れるほどのせまい山道だが、途中に役行者の石像など建っているのは、大峰修行の山伏たちの「行者道」であったことを示しており、峠の天辺からは、吉野の連山が見渡され、歌舞伎で名高い妹背《いもせ》山《やま》も下の方に望める。芋峠は正しくは妹《いも》峠で、きっと妹《いも》山へ通じる道であったのだろう。妹山はおそらく忌《い》む山の転訛《てんか》で、古代には人の近づけない神山であった。

峠の道は頂上で切れており、そこから下は細くて急な行者道しかない。山伏は腰に猪の毛皮をつけているが、それはこういう所を滑り下りるためだという。折角、峠の上まで来ているのに、何故、下まで道をつけないのか、聞いてみると、案内の方が面白い話をして下さった。

大きな声ではいえないけれど、昔の明日香村の村長が、村人の便宜のために、何とかして吉野まで車道をつけたいと思っていた。が、それをまかなうお金がない。で、嵐がある度に道を修理するといって、役所から補助金を貰い、五十メートル、百メートルといった工合に何年もかかって少しずつ広げていった。ようやく頂上まで達したとき、たまたま別の所でも同じことをしていた村があり、役所の人が調べてみると、その日は嵐などなく、道も崩れてはいなかった。そこで明日香村も調べてみたところ、たちまちインチキがばれてしまった。そういうわけで頂上までしかできなかったんですと、その方は笑いながら話したが、美談だと私は思った。村長道《どう》の手本である。みちにはどんな道でも、多かれ少なかれそのような苦労がともなっている。おろそかには歩けない心地がする。

私が大道より小道を好むのも、人間が身近に感じられるからで、特に峠の道には旅情がただよっている。芭蕉は近江の、逢坂山のあたりで、

山路来て何やら床《ゆか》しすみれ草

という句を得たが、その前に「何とはなしに何やら床し菫草」という発句を作っており、私のような素人がみても、これでは何となくしまりが悪い。山本健吉氏の『芭蕉』によると、最初に句ができたのは三月下旬の頃で、それから約二ヵ月を経て改作された

ものらしい。旧の五月にはもう菫は咲いていなかったであろうが、人気のない逢坂山を、物思いにふけりつつ歩んでいる時、ふと「山路来て」という詞《ことば》が浮かんだのではなかろうか。たとえそうでなくても、そういうことを想わせるみちは、すでに私たちにとって一つの歴史である。必然的にそれは人の道、芸の道へとつながってゆく。無数にある漢字の中から、古代の人々が「美知」の字を選んだ時、彼らは予感していたに違いない。美知の中から道徳が芽生え、宗教が形成されて行くことを。やがて西行や世阿弥や芭蕉が生まれて来ることも。

　この道や行く人なしに秋の暮

日本のみちは、ついに一人の人間をそんな遠くまで連れていってしまった。白々とした薄《すすき》の原を行く孤影は、寂しく、静かではあるが、決して暗くはない。その寂光の世界には何もかも見つくした人の、ほのぼのとした幸福感さえただよっているように見える。

ふる里の山

　田子の浦にうちいでてみれば白妙《しろたへ》の
ふじの高ねに雪はふりつゝ　　山部赤人

富士山などは陳腐だといわれる。が、汽車の窓から秀麗な山容が見えて来ると、みな喰い入るように眺めている。殊に外国から帰った時、雲海の上に望む富士の山ほど感銘ふかいものはない。百人一首の中から一つ選べといわれて、色々考えたあげく、この歌をとったのも、やはり私が日本人だからであろう。が、いささか面映い気がしないでもない。山も、歌も、堂々としすぎていて、どこから手をつけていいか、わからないような心地がする。

そういえば、絵画にも詩歌にも、富士を描いたものに傑作は少ない。梅原龍三郎氏も長い間取り組んでいられたが、愛鷹山《あしたかやま》や箱根などを前景にしており、単独に富士を描いた作品はなかったように記憶する。江戸時代の版画にいたってはなおさらのことである。有名な西行の歌にしても、風になびく煙に自分の思いを託しただけで、真っ向から富士を称えているわけではない。

しかるに山部赤人は、臆面もなく、真正面から見据えて、高らかに謳《うた》いあげている。周知のとおり、これは「万葉集」の長歌に付随する返歌で、元の形は百人一首とは少し違っている。

田児の浦ゆうち出でてみれば真白にぞ
不尽の高嶺に雪は降りける

傍点を付けた箇所がそれで、少しの違いで意味は大へん変わって来る。これには様々の説があるらしいが、それは措くとしても、「田子の浦に」といっただけで、場所はその地点に限定されてしまう。が、「田子の浦ゆ」といえば、「田子の浦から」の意味になり、景色は一段と広がりを持ち、歩いていると突然目の前に、真っ白に雪を頂いた神山が、姿を現す。空には一点の雲もなかったであろう。「白妙の」山に、雪が「降りつゝ」あるのでは、そんな新鮮な印象は与えない。「白妙」という詞《ことば》には、枕詞のひびきがあり、「降りつゝ」という進行形は、今雪が降っている最中で、霞をへだてて見るような感じになる。やわらかくなることは確かだが、わざわざ行ってみなくとも、歌枕で事は足りる、そんな風にも思う。

だからといって、百人一首の歌が劣ると断定するのは軽率であろう。「万葉」の歌がいいのはわかり切った話だが、そういう先入観が現代人に、ありすぎることも事実だろう。誰が赤人みたいに、照れもせずに、まともに富士山を謳うことが出来るか。現代人が、ではない、既に八百年も昔に、「新古今」の歌人達は、絵画でいえば一種の遠近法ともいうべき微妙なニュアンスの表現を体得していた。それほど和歌は発達していたといえる。藤原定家は、当代一の歌人であるとともに、稀《まれ》に見る批評家でもあった。「万葉集」の原型のままでは、もはや世間に通用しないことを悟っていたに違いない（定家が書き直したわけではなく、自然に変わって行ったのであろうが、そういう風潮をはっきり自覚して、理論づけたのは彼である）。両者の違いは僅かだが、その差には天平以来数百年の歳月と、歴史の重みがかかっている。ゆめゆめ「万葉」の歌の方が上だなぞと、いっては申しわけない心地がする。

私が富士の歌を選んだのは、それだけではなく、実はささやかな憶い出があるからだ。私の生家は、昔御殿場に別荘を持っており、一年の大半をそこで過ごしていた。御殿場といっても、別荘が密集しているあたりではなく、ずっと上の方の、滝ヶ原に近い寒村で、そこで送った日々のことが、未だに忘れられない。都会育ちの私は、そこが故郷だとさえ思っている。だから富士山とは古い付き合いだ。その姿は毎日、というより刻々に変わり、一度も同じ表情を見せたことはない。赤人の歌も、冬の富士山を謳っているが、それはある日ある瞬間の富士山ではなく、その豊かさと神秘性が、一つの象徴にまで高められている。いかに正岡子規が叫ぼうと、私たちはもう「万葉」の昔には還れまい。それが歴史のきびしさであり、人間のさだめというものだ。もし還ろうとするなら、別な形をとらざるを得ない。百人一首の歌は、そういうことを教えてくれるし、その方法まで示しているように思う。

もう一つ、私には、ささやかな憶い出がある。憶い出というのも大げさな、幼い頃の記憶である。御殿場の家で、ある日私は富士山を写生していた。が、いざ向かい合ってみると、圧倒される大きさに、子供心にも困ったのであろう、目の前に左手の指を三本横に並べ、それを大きく描いた上に、富士山をスケッチした。父はよほどおかしかったのか、ずっと後まで語り草にしていた。人の気も知らないで、と私は不服だったが、今となっては懐かしい憶い出である。方法は幼稚でも、その時私は、定家がした苦労の何万分の一かを経験していたのかも知れない。

『かくれ里』拾遺

私は旅行が好きなので、何となく方々歩いている間に、『かくれ里』という本が出来上がった。特別努力したこともなければ、計画的に取材したわけでもない。そういうことに不得手なせいもあるが、あまり狙い打ちすると、却《かえ》って的《まと》をはずすと思ったからで、いわば主題にめぐり合うために旅をしたにすぎない。したがって、ずい分無駄が多かった。行ってみたりしらべたりしたことの、十分の一も書けなかったような気がする。その一つに、妙感寺というお寺があった。

近江の湖南を歩いている時、国鉄三雲駅の近くで、「万里小路《までのこうじ》藤房《ふじふさ》卿御墓所」と記した石標がふと目にとまった。藤房といえば、後醍醐天皇の忠臣として、南北朝に活躍した人物である。今の若い人達にはピンと来ないだろうが、私が子供の頃は、たしか国語の本にのっていて、笠置《かさぎ》から落ちた後醍醐天皇が、綴喜《つづき》郡の山中で、

さして行く笠置の山を出でしより
あめが下にはかくれ家もなし

と詠《よ》まれた時、ただ一人従っていた藤房は、

いかにせん頼む蔭とて立ちよれば
なほ袖ぬらす松の下露

と返歌した。折しも嵐の最中で、食物もなく、松の雫《しずく》にぬれそぼちつつ、主従二人がよりそっている姿は、南北朝の歴史などまったく知らない子供心にも痛ましく、非常に強い印象を刻みつけた。

藤房の名を見たとたん、その風景が一幅の絵画のように私の心に蘇った。私は石標が示す方向へ曲がり、町をはずれて、西側の山あいをしばらく行くと、右手の方にそれらしい寺が見えて来た。田圃の畔道のつき当たりに、ささやかな本堂が、紅葉にかこまれて建っている。

私はわざと案内も乞わずに、藤房のお墓にお参りして、改めて彼が経て来た苦労を想った。お墓は南北朝頃の五輪の塔で、小さな塚の上に建っており、そのかたわらに滝が

落ちている。山の天辺から石積みが何段にもわかれていて、美しい羊歯《しだ》におおわれているのは、昔はお庭の一部であったのだろうか。日本の自然は実に微妙で、時には人工か天然のものか、見わけのつかぬことがあるが、三雲の近くにある「美松《うつくしまつ》」などはその一例で、近江にはそういう所が多いのである。

滝に沿って、崖道を登って行くと、やがて滝壺に至り、そこに大きな岩が立っていた。見ると、磨崖仏が彫ってある。案内書には、鎌倉後期の作とあり、地蔵菩薩を中心に、三体の仏が彫刻してあるが、もし藤房が造ったとすれば、後醍醐天皇の供養のために違いない。妙感寺で見たのは、結局それだけにつきるが、なぜか私はこの寺のたたずまいが忘れられない。静かな風景と、清らかな水、そして人里はなれた山中に、ひそやかに立っている石仏は、私が描いていた藤房の人間像に似通っているように思われる。それにしても、なぜ、藤房はこんな辺鄙な所に葬られたのか。帰京した後「太平記」を読んでみたが、答えはついに得られなかった。ただ建武の中興が成功して、一応世の中が治まった時、調子にのった天皇が、目にあまる行動をされるので、再三再四いさめたが、聞き入れられず、不興をこうむるに至ったので、もはやこれまでと思い「北山の岩倉に」遁世したという。

さすがの天皇も驚かれて、父親の宣房《のぶふさ》を遣わして探させたが、破れ障子の上に、一首の歌を見出しただけであった。

住みはつる山を浮世の人とはば
嵐や庭の松にこたへん

忠臣であればあるほど、帝にも公卿たちにも絶望しはてたのであろう。楠木正成《まさしげ》と手を取り合って嘆いた、という話も伝わっている。

かくて藤房は史上から姿を消し、代わって民間の伝承が現れる。妙感寺は、嵯峨の妙心寺の末寺になっているが、それは妙心寺の二世授翁宗弼《じゅおうそうひつ》が、ここに晩年を送ったからで、その授翁こそ藤房その人だというのである。寺伝によると、出家した後、大灯国師、無相国師（夢窓国師か）に師事し、諸国行脚《あんぎゃ》の旅に出たが、晩年は三雲の里に住み、家臣の畑六郎恒秋ら兄弟も移り住んで、地元民とともに仕えていた。その兄弟は姓を井上と改め、現在も寺の周辺には、井上姓が多いと聞く。

三雲の郷の山ふかく住みなれて
世のうさをよそに三雲のくもふかく
照る月影や山の居の友

この歌は「異本太平記」にものっているが、寺には藤房自筆の詠草が秘蔵されているという。

そうして藤房は、康暦《こうりやく》二年（一三八〇）三月二十八日、八十五歳の高齢で示寂《じじやく》した。臨終に際して、自分の没後は必ずこのあたりに葬ってくれ、という遺言により、生前の草庵の跡に墓を築き、前述の歌にちなんで「雲照山」と名づけた。寛文年間には、後水尾天皇の御所の一部をたまわり、それが現在の方丈になっているが、皇室からたびたび物を下賜されたり、古くから万里小路家の菩提所と目されていたのも、史実はともあれ、藤房と関係の深い寺だったからに相違ない。

以上のような言い伝えを、信じるも信じないも読者の自由である。たしかな証拠はないのだから、歴史家が取り上げないのはいうまでもないことだが、人間の歴史というものが、そういう形でしか伝わらないのもまた事実である。そういう形とは、土地の人々の愛惜の情によって、藤房の霊魂は今も三雲の里に生きつづけており、将来も語りつがれて行くだろう。私が尊く思うのは、伝説そのものより、六百年の長きに亙って、山村の奥深く、語り伝えた人々の心根である。

（初出不詳）

熊野詣

那智の山中で、木樵が材木を運んでいる時、木馬道のくずれた所に、光るものが見えた。掘ってみると、金銅や陶器の破片が出て来たので、更に掘りつづけたところ、仏像と仏具が、百五、六十点も発見された。その後、二回にわたって発掘が行われ、鏡、古銭その他の遺品が出土し、その数は数百点に及んだという。

今、東京国立博物館に蔵されている白鳳時代の十一面観音は、その時発見されたものである。十一面観音としては、日本でもっとも古い作で、長い間土中していたにも関わらず、厚い鍍金がよく残っている。百済観音と同じように、左手を下におろして宝瓶を持ち、右手を前へさしのべた姿も古様である。これを発見した木樵は、むろん土地の住人で、眺めていると、彼等の驚きと喜びが伝わって来るような感じがする。那智へ行きたい、と思ったのはその時だが、ちょうどその頃、那智では「扇祭」が行われており、早速、汽車の切符や旅館まで手配した。が、折あしく大雨で、紀勢線が不通となり、何やかやで半年以上も経ってしまった。

熊野へ参らむと思へども
徒歩《かち》より参れば道遠し
すぐれて山きびし
馬にて参れば苦行ならず
空より参らむ
羽たべ若王子
（梁塵秘抄）

いくら交通が便利になった今日でも、熊野は依然として、大変遠い所なのである。ようやく都合がついたのは、つい先日のことで、写真家の小川さんの車で、十津川街道を行くつもりにしていた。大和の五条から、十津川にそって、熊野本宮へ至る古道である。が、奈良についてみると、大雪で、十津川渓谷なぞ通れそうもない。やむなく私達は計画を変え、伊勢を廻って行くことにした。

通いなれた名阪国道を、天理から伊賀の名張へぬける。松阪まで行けば近いのだが、例によって私達は、なるべく旧道が通りたいのである。名張から小波田、阿保を経て行く伊勢街道を、「青山越」というが、峠へかかると吹雪になった。雪は深くなる、車はスリップする、どうなることかと一時は思ったが、トンネルをぬけたとたん、信じられないような景色が現れた。真青な空に、燦々と太陽が照りかがやき、緑なす山のかなたに、伊勢の海が見渡される。その時私は、なぜ天照大神が大和から伊勢へ遷されたか、実感をもって知ったような心地がした。神の住む国は、ぜひとも山の向うの他界でなければならなかったであろう。「青」も、「阿保」も、死を意味する言葉、もしくは色であるが、実際にも伊賀の青山は、古墳の密集する場所で、そこを越えると、明るい沃野がひらけ、敷波の打ちよせる海原につづいて行く。これは単なる自然の風景ではなく、一つの思想である。古代人が深く信じ、くり返し実践した、生活の一部であったといってもよい。彼等にとって、生死の思想とは、私達が考えるような抽象的な概念ではなくて、いわば一枚の紙の裏表のように、生命に密着したものであった。たとえばみそぎは、ただ身を浄めることではなく、一旦死んで生れ変ることを意味したであろうし、衣替えは、新しい魂を身につける喜びを与えたであろう。複雑な現代生活は、生きる喜びも、死の恐しさも、あいまいなものにしてしまったが、それだけ私達は、あらゆる物事に対して、鈍感になっているのかも知れない。

松阪から四二号線の熊野街道に乗る。数年前に出来た真新しいハイウェイで、「シニ号線といって、関西人はいやがるんですよ」と、小川さんはいったが、熊野詣にはまことにふさわしい名称といえる。

櫛田川を渡ると、佐那という集落があり、そこから西の山中へ入った所に、近長谷寺《ちかつはせでら》がある。津市にある長谷寺を、遠長谷寺《とおつはせでら》というのに対して、大和の長谷に近いところから、近長谷寺と呼ぶ。地図で見ると、大和の長谷から真東に当り、少しも近いことはないのだが、倭比売《やまとひめ》の昔から、長谷と伊勢とは密接な関係にあった。天照大神の御本地が、十一面観音とされたのも、長谷信仰が行渡っていた為で、十一面観音が一番多いのも、たしか三重県であったと記憶している。

お寺はかなり高い所の、松並木の中に建っていた。村の人々が大勢登って行くのは、今日（二月十八日）が観音様のお日だからである。ここの十一面観音は、一丈八尺の巨大な木像で、手に錫杖を持っていられる。大和の長谷寺の本尊と、「御衣木《みそぎ》一体分身」と伝えるが、長谷観音は何度も焼失しているから、こちらの方が古い形を残しているに違いない。

麓から見あげる村の風景は美しかった。黒い瓦屋根が幾重にも重なり合い、山へよりかかっている姿は、観音様に守られて、平和な日々を送っているように見える。地形も大和の長谷に似た「こもりく」で、気がついてみると、古墳らしいものもいくつかある。山が、ここを長谷寺と称したのは、近世のことで、元は丹生の神宮寺であったと聞く。山号も、丹生山といい、少し西へ入ると、丹生という集落もある。昔から伊勢水銀で聞えた所で、伊勢は海山の幸だけでなく、鉱物にも恵まれていたのである。この寺が大和の長谷寺と結びついたのは、江戸時代に巡礼が盛んになって、伊勢から大和へお参りすることが流行したからだろう。そこには勿論、天照大神と十一面観音を、同体とみなす思想があったのはいうまでもない。

再び熊野街道へ戻って、しばらく行くと、宮川のほとりに、「滝原の宮」が見えて来る。「元伊勢」と呼ばれる大神宮の別宮で、深々と繁った森といい、古風な社のたたずまいといい、その名にふさわしい幽邃の境である。

このあたりから、道は山の間を縫いつつ南へ下って行く。小一時間も乗ったであろうか、左手の方に熊野灘が見えて来て、美しい入江が次々あらわれる。南国の日ざしは、初夏のように暖く、けさの雪景色が、絵空事のように思われる。尾鷲をすぎると、いよいよ矢川峠《やのこ》の難所である。が、それも数年前までのことで、今はトンネルをまたたく中にすぎてしまうから、熊野の霊場へ入るという、ひきしまった気分は味わえない。

熊野市から新宮までの間を「七里御浜」といい、日向の日南に似た海岸線にそって、有名な鬼ヶ城、花の窟《いわや》などがある。鬼ヶ城は俗っぽい観光地だが、さすがに花の窟は、神秘感にあふれた洞窟で、原始信仰の強烈さ、凄じさを、そのまま今に伝えている。

伊弉冉尊《いざなみのみこと》　火神《ひのかみ》を生む時に、灼かれて神退去《かむさ》りましき。故、紀伊国の熊野の有馬村に葬《ほふ》りまつる。土俗《くにひと》、此神の魂を祭るには、花の時には亦花を以て祭る。又鼓吹幡《ふえはた》

旗《た》を用て、歌ひ舞ひて祭る。(日本書紀)

ちょうどそのお祭が済んだ後で、巨岩から渡した長い綱に、注連縄がさがっているのも、悠久の歴史を想わせるものがある。私はこの祭を、テレビでしか見たことがないけれども、太い綱から何本も細い綱をぶらさげ、そこに花を結んで、お参りの人達がひっぱっていたように覚えている。仏教でいえば、結縁ということだろうが、その時里人達は、はるかなる祖先の神々と、一本の綱によって結ばれていることを、自覚するのではなかろうか。「古事記」では、イザナミノ命が、「出雲と伯伎国との堺の比婆の山」に葬られたとなっているが、たまたまそういう伝承が残っただけで、母なる神の奥津城は、それぞれの国に存在したのかも知れない。というより、出雲と熊野が代表的な「こもく」であった為に、歴史を編纂するに当って、取りあげられたのではあるまいか。出雲と熊野の類似については、多くの人々が指摘しているが、私はむしろクマノとクマソの名称が似ていることに注意したい。今もいったように、このあたりの風景は、日向の海岸にそっくりで、北方より南方文化の影響をうけているように思われる。神代の物語も、神武東征の伝説も、暖流に乗ってこの地へ漂着した人々が伝えた、遠い昔の記憶ではなかったか。さればこそ彼等は海のかなたに、妣《はは》の国を想い、常世《とこよ》の国の楽園を夢みたに違いない。そういう長い歴史がなかったら、蓬萊山や補陀落《ふだらく》浄土の信仰が、熊野に生れる筈はなかったと思う。

　熊野川を渡ると、新宮の町に入る。橋のたもとの河口に、全山緑に包まれて、こんもりした山が見えるのが、阿須賀神社である。一名「蓬萊山」とも呼ばれるのは、秦の始皇帝の命により、徐福が仙薬を求めて、漂着した島と伝えるからで、新宮市内には、徐福の墓もある。勿論、荒唐無稽な伝説にすぎないが、美しい島の姿は、蓬萊山の名にぴったりで、社頭に「元熊野神社」と書いてあるのも、海洋民族がこの浜に上陸し、新宮から本宮へ遡ったのではないかと想像される。

　熊野三山の歴史は、神話と仏教説話が、複雑に入交っているので、とても私なぞの手にはおえない。一番さっぱりしている「江談抄」でも、「熊野三所は伊勢大神宮の御身という。本宮ならびに新宮は大神宮なり。那智は荒祭、また大神宮は救世観音の御変身という」といった調子だから、これはあきらめた方がよさそうである。ややこしい神道学や垂迹説より、私のような素人には、現に目の前にある自然の景色の方がわかりやすい。熊野三山とひと口にいっても、那智だけはちょっと別で、熊野川から離れてもおり、地形からみても、いっしょにするのは不自然である。熊野川の上流は、十津川となるが、本宮の北には玉置《たまき》神社があり、「熊野の奥の院」と称されている。今でも漁師達は、年に一度のお祭に、はるばる熊野川を遡って、そこへお参りするというが、それは祖先の歩んだ道を辿っているのではなかろうか。私の目にうつったかぎりでは、阿須賀、新宮、本宮、玉置の四社は、切離すことのできぬ信仰の道であり、漁師が大切にする船霊《ふなだま》は、熊野川の奥の奥の院に、ひそかに安置されているに違いない。

その夜は本宮の奥の、湯の峯に泊った。町の中をお湯が流れている、ひなびた温泉街である。宿屋の奥さんは、とてもおかみさんとは呼べないような人物で、聞いてみると「玉置」という苗字であった。玉置神社の神官の子孫で、漁師がそこにお参りするという話は、その時聞いたのである。なお本宮と玉置神社の間には、船玉神社があり、「伏《ふし》拝《おがみ》」と呼んでいることも、後に知った。

翌朝起きてみると、雪が降っており、昨日とうって変った寒さである。私達は、本宮へお参りし、昨夜来た道を下って、那智へ行く。

こんなお天気にも関わらず、飛滝神社の前には、観光バスが四、五台、止っている。神社といっても、ここには社はなく、滝が御神体である。大勢の人にもまれながら、石段を下って行くと、目の前に、滝が現れた。とたんに観光客は視界から消え失せ、私はただ一人、太古の時の流の中にいた。

雪の那智の滝が、こんな風に見えるとは想像もしなかった。雲とも霞ともつかぬものが、川下の方から登って行き、滝の中に吸いこまれるかと思うと、また湧き起る。湧き起っては、忽ち消えて行く。それは正しく飛竜の昇天する姿であった。梢にたゆたう雲畑は、空と山とをわかちがたくし、滝は天から真一文字に落ちて来る。熊野は那智に極まると、私は思った。

熊野三山といいはじめたのは、いつ頃のことか知らないが、大方熊野詣が盛んになった後のことで、都の文化が造りあげた歴史ではなかったか。歴史というものは、いつも様々な衣装をまとって、私達を眩惑するが、熊野には熊野特有の歴史があったに相違ない。その原動力となったのは、おそらく那智の滝で、だから昔の人は「荒祭」と呼んで、別扱いにしたのであろう。「山に住む荒神」という過去を持つ十一面観音が、飛滝権現に変身したのは自然なことで、荒々しく、美しい熊野の風景に、仏教の衣装はよく似合った。

金銅の十一面観音が発見された場所は、飛滝神社の鳥居をくぐった左側の、杉林の中にある。俗に枯池《かれいけ》と呼ばれる湿地で、いつ頃埋めたものかわかってはいない。が、白鳳時代でなかったことは確かで、奈良か吉野に祀ってあった古い仏を、山岳仏教の聖が運んで来て、埋蔵したと思われる。それはたぶん経塚信仰が盛んになった、藤原中期頃ではなかったであろうか。経塚には、漁師が船霊を秘めるのと、同じような意味合があり、弥勒信仰によって、忽然と生れた風習ではなかったと思う。

私達は石畳の巡礼道を歩いて、那智の山を下った。那智川にそって、旧道は新道と交錯するが、所々に由ありげな供養塔や、王子の跡が残っている。やがて、補陀落山寺の大きな樟《くすのき》が見えて来た。境内は、昔は大変荒れていたが、住職がかわったのか、きれいに整頓され、拝観のかなわなかった本尊も、見せて下さるという。それは思っていたよりずっと見事な、十一面千手観音であった。西国巡礼第一番の札所は、現在は青岸渡寺になっているが、かつてはここが一番とされていた。変ったについては、色々事情があったと思われるが、熊野の海に入水して、往生をとげるという補陀落渡海の信仰は、この寺で起った。

往古は補陀落山に渡るとて、新しく船を造り、二、三ケ月の食物を貯へ、風に任せて南海へ放ちやる。是は観音の道場へ生ながら至ると伝へりと。云々。(南紀名勝略志)

各地に残る熊野曼荼羅には、渡海上人が死出の旅路へおもむく光景が、仔細に描かれているが、現代人にはとても想像のつかぬ陰惨な信仰である。誰も「観音の道場へ生ながら至ると」信じた人はおるまい。だが、ひたすら観音だけを念じて、自らすすんで入水する行為を、ただ陰惨とか残酷といって済ませるものだろうか。渡海上人の多くは名のない人達で、たとえ名前はわかっていても、無名の僧侶で、大体四十歳くらいで実行に移している。ということは、若い時から補陀落往生の為に修行していたことを示している。彼等にとって、それが唯一の生きる道であり、仏法を守る手段でもあったからだ。決して外から強制されたものではなく、絶望して死を選ぶのでもない。私はそこに溌剌とした生命力と、岩のように強固な精神を見る。そして、熊野にこのような信仰が生れたのも、偶然の成行ではなかったと思う。

渡海の世話をする人々を「滝衆」といい、この信仰の元が、那智の滝にあったことは明らかである。行者が滝に打たれるのは、重要な修行の一つであるが、稀には、滝壺へ飛びこんで死ぬという、入水の方法もあったらしい。それが次第に補陀落渡海に発展して行ったのではなかろうか。なお、「南紀名勝略志」には、次のようなことも記してある。

中古より此事廃せり。只今も補陀落寺の住持遷化の時、死骸を舟にのせ此浦の沖に捨てるなり。これを補陀落渡海といふ。

とあり、時代が下るにしたがい、形式化したことを語っている。ついには、船だけ流すという「精霊送り」に変じてしまうが、その源を尋ねれば、遠く古代に遡ることが出来る。「日本書紀」には、神武天皇が熊野に上陸しようとして、嵐に会った時、稲飯命《いないのみこと》は海に入って、鋤持《さいもち》の神と化《な》り、三《み》毛《け》入野命《いりのみこと》は、「即ち浪の秀《すゑ》を蹈みて、常世郷《とこよのくに》に往でましぬ」と、ともに入水したか、水葬に付されたことを暗示している。どちらにしても、片方は農耕の神に生れ変り、片方は常世の国に至って、永遠の生命を得たのである。「古事記」では、日向での出来事になっているが、寒い国では、このような神話は出来なかったであろう。

補陀落山寺と並んで、浜の宮の清楚な社が建っている。かつては熊野の王子の一つで、お寺はこの宮の神宮寺であったかも知れない。社殿の横へ廻ってみると、「丹敷戸畔」と書いた石碑があり、お供物があげてあるのをみると、お参りの人が多いらしい。ニシキトべとは、神武天皇によって滅ぼされたこの地方の首長で、ヒミコと同じような女親分であった。このあたりを丹敷ヶ浦というのは、その名を伝えているのである。那智神社の宮司に伺った話によると、土地には信仰が未だに残っており、以前はニシキトべが浜の宮の祭神であった。が、それでは工合が悪いということで、別に祠を造って遷座したのだという。してみると、那智の滝を祀ったのは、ニシキトべの一族であったのか。那智の滝は、熊野灘からも望めるが、漁師達には今も一つの指針となっていると聞く。神武天皇も、この滝を目当てに上陸されたのであろう。那智川は短くて小さいが、水源にあのすばらしい滝を持つ河口に、特殊な信仰が生れたのも、異とするに足らない。地元の人に聞くと、昔は海が鳥居の前まで来ており、お寺は山の上に建っていた。渡海する人々は、そこで観音様を拝み、浜の宮から船出したのである。裏の山には、平維盛のほか、多くの渡海上人の供養塔が立ち並び、しめった土の香にまじって、どこからともなく梅の香りがただよって来る。ニシキトべから十一面観音に至る、古代の水葬から補陀落渡海に及ぶ、気が遠くなるような歴史に、私は打ちのめされ、雪の降りしきる中に、しばし茫然と立ちつくしていた。

日はもう暮れかかっていたが、山上の那智神社にお参りし、宮司の篠原氏の御好意で、宿坊に泊めて頂く。宮司さんのお話では、この辺の漁師達は、山と山が重なる影のところに、魚が集ると信じており、そういう山が神山として崇められている。彼等は白くて丸い石を、船霊として大切にしているというが、そう言えば、花の窟にも、浜の宮にも、お餅のような白い石が敷きつめてあった。また西国第一番の札所、青岸渡寺は、明治の廃仏毀釈までは、「観音堂」と呼ばれ、那智神社に属していたことなど、色々興味のある話を聞かせて下さった。

翌日はまた嘘のような上天気で、宿坊の庭から、那智の滝に別れを告げ、私達は下山した。何ヵ月も旅をしつづけたような心地がするのは、目まぐるしく気候が変ったせいばかりではない。

中辺路《なかへじ》は、雪が深いと聞いたので、大辺路《おおへじ》を廻って帰ることにする。前者は本宮から田辺へぬける旧道、後者は海岸線を廻って、田辺の手前で、中辺路と出会う。が、車が通うようになったのは最近のことで、私にとってははじめての道である。このドライヴは爽快であったが、お天気はよし、暖くはあり、殆んど居眠りをしてすぎてしまった。「日高川」と聞いて、目をさました時は、もう夕暮に近く、橋を渡って、門前町をすぎると、すぐ道成寺である。

この寺は、安珍・清姫で有名になりすぎたので、本尊が十一面千手観音であることを知る人は少い。が、女が竜に化したという伝説に、観音様が結びついたのは、別に珍しいことではない。日高川は、奈良県との境の「竜神」に発し、そこから高野山へ「竜神街道」が通じている。と云えば、道成寺の物語が、およそどの辺から発生したか、見当がつくというものだ。それは後に述べるとして、先ず本堂へお参りすることにしよう。

道成寺の石段は大変だと聞いていたが、那智神社の後では物の数ではない。山門を入ると、右側に、「安珍の塚」と記した古木があり、正面に大きな本堂が建っている。

本堂には陳列棚があって、この付近から出土した銅鐸や、白鳳・天平の瓦などが置いてある。道成寺の草創は、文武天皇の時代だが、日高川の流域には、弥生時代から文化が栄えており、この高台を船岡山と呼ぶのも、古代の葬送地であったことを示している。

本尊は平安時代の、堂々とした千手観音である。別に十一面観音もあるが、この方は東博に保管されている。なお本尊の後には、同じような千手観音が、北面して祀ってあり、四十七年に一度開帳されるという。同じ観音様が、南北に背中合せになっているのは珍しいが、いずれ高野山と熊野の関係によるのであろう。

お堂の裏側には、道成寺の資料が、所せましと並んでいた。資料といっても、野口兼資の舞姿から、歌右衛門の娘道成寺、吾妻徳穂の踊の写真まである。お願いすれば、道成寺縁起の「絵とき」もして下さるというが、今日は遅いので失礼する。が、このような古い寺で、未だに絵ときが行われているのは面白いことで、高野聖や熊野比丘尼の古《いにし》えが思い出される。もしかすると、道成寺には、専門の語り部がいたのかも知れない。お能や歌舞伎の素材となったのは、「法華験記」「今昔物語」「元亨釈書」などで、平安から鎌倉期へかけての説話だが、熊野にはもう一つ以前の、原型ともいうべき事実が存在したのではなかったか。

話は昔に遡るが、私がはじめて中辺路を歩いた時、富田《とんだ》川のほとりに、「真砂《まなご》」という村があり、真砂の庄司の邸跡の近くに、清姫の墓が建っていた。墓といっても、円墳のような塚で、道成寺の物語よりはるかに古いという印象をうけた。それらがすべて本物と信じたわけではないが、土豪の娘、もしくは寡婦が、山伏に懸想したというのはあり得ることで、富田川の事件が、日高川へ移されたとしても不思議ではない。裏切られた女が、中辺路から日高川まで、血相かえて追いかけたのが、大蛇のように見えたのであろう。それより私の興味をひいたのは、清姫の塚に、語り部のような老婆が、墓守として住みついていたことで、彼女はまるで清姫がのりうつったように、一人称で、道成寺の話を語るという。その時は気味が悪かったし、暇もなかったので、聞かずに帰ったが、熊野の土壌には、未だに熊野比丘尼を育てるような、不思議なものがあるらしい。

先夜、湯の峯温泉に泊った時、ふとそのことを思い出したので、宿の奥さんにたずねてみると、真砂の庄司は、実在の人物で、栗栖川（富田川の上流）から田辺にかけて、広大な土地を領していた。今もその子孫は、田辺に住んでいる。お嬢さん、といっても、もう老齢の婦人だが、いくつになっても肌が白く、すき通るような美人で、あんまりきれいなので玉置さんは、「あなたは身体のどこかに鱗が生えてるのじゃないの？」と、聞いたことがあるという。彼女はむろん冗談でいったのだが、その言葉には、妙に実感がこもっていた。そういう彼女の身ごなしにも、あのすべすべした白い石の肌を思わせる、一種不思議な媚しさがあった。

女が蛇身を得るという伝説は、方々の国に、素樸な形で伝わっているが、熊野でなくては、道成寺の物語にまで発展することはなかったに違いない。古い説話では、主人公が長者の寡婦になっているが、お能でも流儀によっては、中年の女がシテで、その方が現実感があるように思う。専門家に聞くと、道成寺縁起の原型は、「華厳絵巻」にあるというが、そんな簡単なことではあるまい。そこには豊玉比売《ひめ》、玉依《たまより》比売以来の竜女の神話が生きており、今も彼等は美女の白い肌に、鱗を想像するのである。もし、「華厳絵巻」に原型を求めるなら、作者の明恵上人が、紀州の生れであったことに想いを至すべきであろう。

明恵の生地である有田は、夕暗の中に霞んでいた。ここにも新しいハイウェイが出来ていて、湯浅も紀三井寺もまたたく中にすぎ、一直線に和泉をつっ切って、堺の町へ入る。とたんに、現実世界へつき戻され、旅の疲れが一時に出た。名阪国道に乗り、三日前の出発点へ戻った時には、旅の疲れより、空しさが胸にしみた。人生またかくの如し。だが、そんなセリフは私の身に合わない。明日は聖林寺へお参りし、ほんとうにひと廻りして巡礼を終ることにしよう。そう心をきめたら安心して、ぐっすり眠ることが出来た。

翌朝早く、目がさめてみると、去年《こぞ》の雪ならぬけさの雪が、奈良の古京を真白に埋めていた。

（『芸術新潮』一九七五年四月号）

心に残る観音像

「百観音」をえらぶようにという依頼をうけた。はっきり数えたことがないので正確な数はわからないが、仏像の中でも日本には観音像が一番多いのではないかと思う。古い時代には別の名前で呼ばれたものもあり、のちに改名された場合もある。

たとえば法輪寺の観音などは稀《まれ》にみる傑作の一つであるが、はじめは虚空蔵菩薩であった。それは弘法大師によって虚空蔵の信仰が流布《るふ》されていたからで、またたとえば聖徳太子の持仏《じぶつ》であった救世《ぐぜ》観音も、フェノロサによって此の世に現れるまでは、生身《しょうじん》の太子の像と信じられていたのである。この写真集（『観音巡礼』毎日新聞社）の中には入っていないが、太秦《うずまさ》の広隆寺の弥勒菩薩も、中宮寺にある弥勒菩薩も、かつては如意輪観音の名で通っており、研究が進めばまた変わる時が来るかも知れない。

いずれにしても〈百観音〉というのは芸のない題名で、百という数にこだわると、後世のあまり美しくない観音像も無理をして入れなくてはならなくなる。そこで六十三体をえらび〈観音巡礼〉としたわけだが、百というのはあくまでも数が多いという意味で、ほんとうはこの五、六倍は各地に存在するであろう。

いうまでもなくそれは観音信仰が一世を風靡《ふうび》したためで、だいたい天平時代から平安初期へかけてがその最盛期で、鎌倉・室町時代には急激におとろえてしまう。中には長谷寺《はせでら》の観音のように桃山期に近いものもあるが、それは初瀬《はつせ》の信仰が盛んだったためで、何度も焼けて再興されたからである。現在の彫刻は時代が下るので名作とはいえないが、観音信仰は初瀬にはじまったと伝えられており、今も本尊は最初の磐坐《いわくら》の上に鎮座しておられる。また、有名な法華寺《ほっけじ》の、光明皇后をモデルにしたといわれる十一面観音も、現在は秘仏になっていて、掲載することができなかったのは残念である。

観音は、三十三身に化現《けげん》して人を救うといわれており、それゆえに表現も千差万別であり、教義も複雑をきわめている。とてもこのような短文で、その形態も意味もつくすことはできないが、大変勝手ながら私は、これらの観音像からうけた印象を古い言葉や歌におきかえて、いわば象徴的に記した。たとえば「梁塵秘抄《りようじんひしよう》」にある「仏は常にいませども　現《うつつ》ならぬぞあはれなる　人の音せぬ暁《あかつき》に　ほのかに夢に見え給ふ」を、日吉《ひよし》神社の三十センチにも満たぬ十一面観音像に添わせたり、法隆寺の百済観音像には会津八《や》一《いち》作の「くわんのんのせにそふあしのひともとのあさきみどりにはるたつらしも」という和歌を置いた。少々謎めいてわかりにくい言葉もあると思うが、現代語に翻訳すると意味を失うので、それぞれの読者が自分の心に問うてほしい。そういうことも観音巡礼のたのしみの一つだと思う。

ここに掲げた六十三体のうち、円空だけははるかに時代がはなれている。その何百年かの空白の時代にも、観音像は数多く造られたに違いないが、いずれも形式的な、魂のぬけたものばかりである。信仰のないところに、名作は生まれない。ただ、円空ひとりが、仏教の再興に一生を賭けた。特にこの伊吹町《いぶきちょう》の観音像は、

おしなべて春にあふ身の草木まで
誠に成れる山桜かな

と、自筆の和歌や漢詩の墨銘にもあるとおり、伊吹山の桜の神木に、一夜でもって彫刻したと記してある。そういう烈しい信仰心が如実に表れているのが見事だが、観音像のはじまりは、言い伝えによれば「立木《たちき》観音」と称し、生木《なまき》に彫るのがふつうであった。日本の自然信仰の神と、仏教の仏は、そのような形において合体したのである。

円空は、そういうはじめの姿を桜の木に彫刻し、無言のうちに神仏混淆《こんこう》の思想を表現

千手観音像トルソー（松尾寺蔵／撮影：飛鳥園）

した。私たちにとってはやはり忘れることのできない人物といえるであろう。

もう一つお断りしておきたいのは、大和郡山市松尾寺《やまとこおりやままつおでら》の仏像である。松尾寺は火災に遭い、その後再興された寺であるが、本堂の修理の際に、本尊の背後から、この焼けただれたトルソーが発見された。焼けてはいるが、千手観音の手があった痕跡や、一木造《いちぼく》りのすらりと立った美しい身体の線が、却《かえ》ってよけいな装飾ぬきで心に迫ってくる。これこそ魂だけの仏という感じである。『十一面観音巡礼』（新潮社）を書いた時、小川光三《こうぞう》さんが教えて下さったが、永久に忘れることのできない仏像である。

私の心に残る観音像

1　観音像（救世観音）　法隆寺（奈良・斑鳩町《いかるがちょう》）飛鳥《あすか》　国宝
2　十一面観音像　日吉《ひよし》神社（岐阜・神戸町《ごうどちょう》）平安　重文
3　観音像（百済観音）　法隆寺（奈良・斑鳩町）飛鳥　国宝
4　十一面観音像　聖林寺《しょうりんじ》（奈良・桜井市）奈良　国宝
5　観音像　法輪寺（奈良・斑鳩町）飛鳥　重文
6　楊柳《ようりゅう》観音像　大安寺《だいあんじ》（奈良市）奈良　重文
7　十一面観音像　向源寺（滋賀・高月町《たかつきちょう》）平安　国宝

8 十一面観音像　薬師寺（奈良市）飛鳥　重文
9 観音像　法隆寺（奈良・斑鳩町）飛鳥　重文
10 観音像　法起寺《ほっきじ》（奈良・斑鳩町）飛鳥　重文
11 聖《しょう》観音像　薬師寺（奈良市）白鳳　国宝
12 観音像　鰐淵寺《がくえんじ》（島根・平田市）白鳳　重文
13 観音像　法隆寺（奈良・斑鳩町）白鳳　国宝
14 観音像　鶴林寺（兵庫・加古川市）白鳳　重文
15 観音像　法隆寺（奈良・斑鳩町）飛鳥　重文
16 観音像　法隆寺（奈良・斑鳩町）飛鳥　重文
17 観音像　観心寺（大阪・河内《かわち》長野市）白鳳　重文
18 観音像　興福寺（奈良市）奈良　国宝
19 聖観音像　金龍寺《きんりゅうじ》（奈良・都祁《つげ》村）白鳳　重文
20 観音像（文殊菩薩）法隆寺（奈良・斑鳩町）白鳳　重文
21 観音像　法隆寺（奈良・斑鳩町）平安初期　重文
22 聖観音像　観心寺（大阪・河内長野市）平安　重文
23 十一面観音像　東京国立博物館（東京・台東区）白鳳
24 十一面観音像　観音寺（京都・京田辺《きょうたなべ》市）奈良　国宝

25　十一面観音像　唐招提寺（奈良市）　平安　重文
26　十一面観音像（押出仏《おしだし》）　唐招提寺（奈良市）　奈良　重文
27　十一面観音像　海住山寺《かいじゅうせんじ》（京都・加茂町）　平安　重文
28　十一面観音像　室生寺（奈良・室生村）　平安　国宝
29　十一面観音像　霊山寺（奈良市）　平安　重文
30　十一面観音像　慈光円福院（和歌山市）　平安　重文
31　十一面観音像（本尊）　海住山寺（京都・加茂町）　平安　重文
32　十一面観音像　法輪寺（奈良・斑鳩町）　平安
33　十一面観音像（本尊）　観菩提寺（三重・島ヶ原村）　平安
34　十一面観音像　龍華寺《りゅうげじ》（広島・甲山町《こうざんちょう》）　平安　重文
35　十一面観音像　盛安寺（滋賀・大津市）　平安　重文
36　十一面観音像　観心寺（大阪・河内長野市）　平安　重文
37　十一面観音像　羽賀寺《はがじ》（福井・小浜《おばま》市）　平安　重文
38　十一面観音像　櫟野寺《らくやじ》（滋賀・甲賀町）　平安　重文
39　十一面観音像　長弓寺（奈良・生駒《いこま》市）　平安　重文
40　十一面観音像　法金剛院（京都市）　鎌倉　重文
41　十一面観音像（本尊）　長谷寺《はせでら》（奈良・桜井市）　室町

42 九面観音像　法隆寺（奈良・斑鳩町）　唐より請来　国宝
43 千手観音像　唐招提寺（奈良市）　平安　国宝
44 千手観音像　道成寺（和歌山・川辺町《かわべちょう》）　平安　重文
45 千手観音像　法隆寺（奈良・斑鳩町）　平安　重文
46 千手観音像　瓦屋寺《かわらやじ》（滋賀・八日《ようか》市《いち》市）　平安　重文
47 千手観音像　月輪寺《がつりんじ》（京都市）　平安　重文
48 千手観音像　補陀落山寺《ふだらくさんじ》（和歌山・那智勝浦町）　平安　重文
49 千手観音像　興福寺（奈良市）　鎌倉　国宝
50 千体千手観音像　妙法院（京都市）　平安　国宝
51 千手観音像　松尾寺（奈良・大和郡山市）　奈良〜平安
52 准胝《じゅんてい》観音像　新薬師寺（奈良市）　平安　重文
53 如意輪観音像　岡寺（奈良・明日香《あすか》村）　白鳳　重文
54 如意輪観音像（本尊）　岡寺（奈良・明日香村）　奈良　重文
55 如意輪観音像　観心寺（大阪・河内長野市）　平安　国宝
56 如意輪観音像（本尊）　神呪寺《かんのうじ》（兵庫・西宮市）　平安　重文
57 如意輪観音像　観心寺（大阪・河内長野市）　平安　重文
58 不空羂索観音像（法華堂本尊）　東大寺（奈良市）　奈良　国宝

59 不空羂索観音像（南円堂本尊）興福寺（奈良市）鎌倉　国宝
60 馬頭観音像　大安寺（奈良市）奈良　重文
61 馬頭観音像　観世音寺（福岡・太宰府市）平安　重文
62 馬頭観音像　中山寺《なかやまでら》（福井・高浜町）鎌倉　重文
63 十一面観音像　太平観音堂（滋賀・伊吹町《いぶきちょう》）円空作　元禄二年（一六八九）
（『観音巡礼』毎日新聞社、一九九三年）

葛城山をめぐって

奈良から大和平野を南下すると、右手の方に、葛城・金剛の連山が、ゆったりとした山容を現す。国道二四号線を境にして、東側と西側では、印象がちがうと思うのは私だけではないだろう。三輪山の背後にうねうねとつらなる東山が、「たたなわる青垣」という感じを与えるに反して、西の葛城連峯は、陰鬱な緑をたたえて、のしかかるように大きく強く迫って来る。

有史以前に、ここには土蜘蛛《つちぐも》という原住民族が住んでいて、神武天皇に退治されたと、「日本書紀」は伝えている。その時、葛の木で作った網でおおって殺したので、かつらぎと名づけたとあるが、その戦いに功績のあった剣根《つるぎね》という人物を、後に葛城の国造《くにのみやつこ》に任じたという。そのことから推しても、古えの葛城地方が、一つの国を形づくっていたことがわかるとともに、弥生時代に既に開拓されていた事実も、銅鐸その他の出土品によって知ることができる。この地方はまた「高尾張《たかおわり》」とも称されたが、高尾張とは、高いところまで耕された農地の意味で、今も残る段々畑に、彼岸花が咲いている風景は、遠い昔の繁栄を彷彿とさせている。

諸国を平定した神武天皇が、はじめて国見《くにみ》をされたのも、葛城の山麓であった。「腋《わき》上《かみ》の嗛間《ほほま》の丘」に登って、山野を見渡した後、「まことに美しい国を獲たものである。蜻蛉《あきつ》の臀呫《となめ》（とんぼが交尾している形）のように見える」といわれた所から「秋津洲《あきつしま》」の名が起った。後に日本《やまと》の別名となり、枕言葉にもなった「秋津」の地名は、現在も御《ご》所《せ》市の南に見出され、腋上は掖上《わきがみ》に、ほほまの丘はほんま山に転訛して現存している。その他、記紀に現れる地名は無数にあり、神武から八代の間の宮跡と天皇陵は、みな畝傍から御所の付近に集中しているために、「葛城王朝」と呼んでいる学者もある程だ。実際に「王朝」と呼ばれる程の確固たる勢力が存在したか否かは別として、少くともはじめの数百年間は、この山の麓の区域が「秋津洲　日本の国」であったことは確かである。してみると、日本の故里は、葛城にあるといっても過言ではないと思う。ただ、あまりに時代が古いのと、交通に不便なため、飛鳥古京や山辺《やまのべ》の道ほど一般に知られてはいず、昔のままの面影を止めているのは幸いである。玉手の丘やほほまの山に、かつての宮跡や御陵を訪れる時、私は懐旧の想いに堪えられない。そのあたりには見事な埴輪が発掘された武内宿禰《たけのうちのすくね》の「宮山古墳」や、日本武尊《やまとたけるのみこと》の「白鳥陵」も点在しており、古代の歴史を思い出すのに事を欠かない。

最初の国造であった剣根という人物が、どういう種族に属していたか私は知らないが、葛城山の周辺には、「鴨」の名のつく神社が多く、京都の「賀茂」と関係が深かったことは想像がつく。カモはカミに通ずる古語で、出雲族が祀っていた神であるから、三輪山と同じように、西の葛城にも彼らの勢力が及んでいたのであろう。或いは神武天皇も、日本全国に散在した出雲族の援助のもとに、国を立てることに成功したとも考えられる。唯一の確かなことは、武内宿禰の息、襲津彦《そつひこ》が、四世紀ごろにこの地方の中心人物となり、その女《むすめ》が仁徳天皇の皇后に立ったことである。

記紀万葉に情熱的な歌を遺した磐之媛《いわのひめ》がその人で、当時の葛城氏は、天皇と匹敵する程の力を蓄えていたらしい。天皇と仲違いして、難波の京から大京へ帰った皇后は、「……わが見が欲し《ほ》国は、葛城高宮、吾家《わぎへ》のあたり」と、堂々と望郷の歌を謳っている。その高宮の跡も、「園池」、「宮戸」などの地名に遺されていて、私たちを遠い物語の世界へいざなって行く。

葛城にまつわる伝説や歌謡は枚挙にいとまもないが、忘れることができないのは、役《えんの》行者《ぎょうじゃ》の存在である。彼は修験道の創始者で、いわば後世の山伏の草分けであった。生年はさだかではないが、八世紀の頃活躍した人物で、幼名を小角《おづぬ》といい、賀茂の役公《えのきみ》の流れと伝えている。父を間賀介麿《まかげまろ》、母は白専女《しらとうめ》といったが、白専女は老狐のことであるから、狐を使った呪術師か、巫女のような女性であったかも知れない。古い賀茂氏の一族に生れ、不思議な霊力をそなえた母を持った小角は、幼時から天才的な資質に恵まれていた。十三歳の頃には、葛城の山中にこもって修行をし、呪術をよくするようになったと聞く。叔父の願行に仏教も学んだが、外来の宗教にあきたらなくなったのか、故郷の山岳で長い間放浪をつづけていた。道教の影響をうけたともいわれるが、それよりむしろ自分の神、日本人に適した信仰を見出すべく、探求を重ねたというべきだろう。

「斉明天皇紀」に、次のような記述がある。

――空中を竜に乗って飛んだものがいる。唐人に似た姿をしており、青い油笠を着て、葛城の峯から、生駒《いこま》山へ飛び去った……云々と、それは小角が風のように走る姿だったのかも知れないし、そうでなくても葛城の山中には、さまざまの不思議を行う山人《やまびと》の群がいたのであろう。ずっと後の平安末期のことであるが「夫木集」にこんな歌がのっている。

かつらぎや木陰にひかるいなづまは
山伏のうつ火かとこそ見れ　　源兼昌

周知のとおり、修験道は、大自然の中に没入することにより、常人には及ばぬ能力を身につける修行をいう。それには滝に打たれたり、不眠不休で歩きつづけたり、言語に絶する苦行をともなうが、肉体を酷使することによって、生死の世界を超越する、もしくは悟りを開くといったような意味を持っている。当時はまだ修験道という言葉はなく、したがって形式もなく、小角は得体の知れぬ力にひかれて、盲滅法さまよったに違いない。それは他ならぬ彼自身の精神の迷いを示していた。そうしたある日のこと、吉野の大峯山で、一心不乱に祈っていると、忽然と釈迦如来が出現した。だが、円満な相好のお釈迦さまは、山岳修行にはふさわしくない。更に声を荒らげて祈りつづけると、今度は美しい観音さまが現れたが、慈悲にあふれるお姿も、彼の欲するところではなかった。すると、にわかに天地が鳴動して、恐しい荒神《あらがみ》が、一陣の嵐とともに地底から湧出した。これこそ彼が求めていた蔵王権現で、大自然の猛威を象徴する山岳の神であった。

そういう見神の体験を、一概に伝説とはいえないと思うが、役行者ほど多くの逸話で彩られている人物はいない。その一つに、葛城山から吉野山へ、岩橋をかけたという逸話がある。その時、山の神々を動員して使役したが、葛城の神は、顔がみにくいのを羞じて、昼は働かず、夜だけ現れたので、行者は怒って谷底に呪縛してしまったという。神々さえ自由に扱った行者の偉力を示す伝説であるが、吉野山へ岩橋をかけたというのは、山岳の信仰が次第に葛城から吉野の大峯へ発展したことを物語っており、賀茂氏に祀られた葛城の神が、かつての勢力を失った事実を暗示していると思う。

蔵王権現は、いってみれば日本の山の神と、外来の仏教が合体して生れた信仰の対象である。この時から「神仏混淆」（または習合）と呼ばれる特種な思想が形成されて行くが、役行者一人の功績ではなかったにしても、そのもっとも素朴な姿が、彼の発見によることは疑えない。別の言葉でいえば、それまでは宮廷貴族に独占されていた仏教が、民間信仰と結びついたのが修験道で、大衆のためには大きな救いとなった。が、どんな場合にも、天才的な創始者というものには敵が多い。役行者も、妖術を用いて民を惑すものと、弟子の一人に讒言《ざんげん》され、文武天皇の三年（六九九）五月、伊豆の国へ流された。数年の後、許されて帰国したが、それから間もなく亡くなったらしい。配流の先でも、毎日富士山へ飛んで登ったとか、死んだ後も唐へ渡ったなどという伝説が生れたが、それ程大衆の間に人気があったことを語っている。一介の山岳修行者にすぎなかった役小角も、死後は人々に惜しまれ、修験道が盛んになるにつれ、次第に大きな存在と化して行った。役行者を育てたのは、後世の山伏たちかも知れないが、その種子ともいうべきものは、彼の体内に既に充分熟していた。彼は単に修験道の発見者であるのみか、日本の文化に大きな影響を与えた人物であったといえる。

役行者が生れた年には、葛城の山野に吉祥草《きっしょうそう》が咲き乱れていたという。これはユリ科の植物で、花は蘭に似ており、めでたい時にしか咲かないといわれている。その名に因んで、役行者が生れた茅原《ちはら》には、吉祥草寺が建立された。今はささやかな寺院にすぎないが、修験道では一方の本山で、葛城から大峯へかけての山伏修行が盛んに行われている。中でも正月十四日の夜に行う「茅原のトンド」は有名で、大松明を二ヵ所に立て、山のように藁をつみあげて火をつける。正しくは「左義長《さぎちょう》」といい、燃えさかる火によって、悪魔を祓うと同時に、新春を迎える農耕の祭である。大松明を焚くこと、法螺貝を合図に村の衆がダダフミといって、大地をはげしく踏みつける動作など、東大寺二月堂の修二会（お水取り）に似なくもない。二月堂だけではなく、方々のお寺で行われる修二会や修正会は、このような民間信仰を、仏教の儀式の中にたくみに取り入れてある。堂内を走って廻る練行衆や、ダッタンの行法には、たしかにダダフミの面影があり、ダッタンの名称も、そこから起ったのではないかと私は思っている。

七月六日には、「滝祭」が行われるというので、先日私は、朝早く吉祥草寺をおとずれた。葛城山中には、役行者が修行したと伝える「櫛羅《くじら》の滝」があり、そこで八時半に集合するため、住職とごいっしょに車でケーブルの登山口まで行く。やがて、山伏姿の一行が集ったので、そこから滝まで一キロ余りの急坂を登る。その日はお天気がよくて暑かったが、木立にかこまれた滝のまわりは涼しく、鶯がしきりにさえずっているのも、爽やかに聞えた。

山伏たちは三十人ぐらいいられたであろうか。いずれも近在の村から集った講中の人々で、馴れた仕草で滝の前に祭壇をしつらえる。四方に竹の柱を立てて、縄をまわし、さまざまの色紙がかけられ、その真中に護摩を焚く壇をつくるのは、大日如来を象徴すると教えて下さった。木材を組合せた上に、松の木を山型に積みあげたもので、これを一名、柴灯護摩《さいとう》ともいうが、お能の作り物の「山」によく似ているのは興味がある。「滝祭」は、葛城の「山開き」を兼ねているので、御所の町の人が参列していたが、観光客は一人もいず、純粋な山の行事であるのが気持よい。ややあって、お祭がはじまった。山伏の中の二人が白装束に身をかため、滝に打たれている前で、お経や陀羅尼（密教の真言）が唱えられる。儀式はすべて法螺貝の合図で進行するのであった。その中で一番私の目をひいたのは、二人の山伏のやりとりで、祭祀場の片隅に、結界《けっかい》（他者の出入りを禁ずる境界）の縄がはってある。中にいる山伏と、外から来た山伏は、そこで互いに問答を交す。「修験道の開祖は誰であるか」とか、「役行者の由来」など、しまいには身につけた装束から、持ち物の末に至るまで、こまかく質問し、相手は一々それに答える。そこでようやく結界の門は開かれるのであった。

山伏たちは熟練していて、少しのよどみもなくやってのけたが、どちらかといえば、それは儀式というより、芸能に近い感じがした。私はそれを見ていてお能の「安宅《あたか》」（歌舞伎では「勧進帳」）は、こういう所から出ていることをはじめて知った。改めて説明するまでもなく、「安宅」の能は、義経の一行が山伏に擬装して、奥州へ落ちて行く途中、加賀の国の安宅の関でとがめられる。弁慶の機転で、危うく難を逃れるが、関守の富樫《とがし》と、弁慶の間で交される問答が、まったくこれと同じなのである。ただ修験道の方が丁寧で、お能は少し省略されているだけの違いしかなく、結界が関所と同じ意味を持つことはいうまでもない。そう云えば、四隅に竹の柱を立てる祭祀場の造りも、能の舞台を思わせるし、柴灯護摩の形が、作り物の「山」に似ていることは既に述べた。ここでお能の解説をするつもりはないが、思い当る節はほかにもあり、修験道の行事が、古典芸能の世界に、深く浸透していることを知って、私は驚いたのである。

帰りは茅原から、古墳の間を縫って、楢原《ならはら》の九品寺へ向った。九品寺も、吉祥草寺も、今から十年ほど前、『かくれ里』という本を書いた時たずねた寺で、私にとってはなつかしい思い出がある。その頃の私は、葛城山に興味は持っていたものの、何の知識もなく、考古学の末永雅雄先生にうかがうと、「葛城が知りたければ、九品寺へ泊りなさい」といわれ、お寺へ御迷惑を願ったのであった。

その夜のことは今でも忘れない。

「荷物をおきにお座敷へ通ると、目の前に思いもかけぬ絶景が現れた。左（東）の方には、大和三山が手にとるように見渡され、その向うに、三輪山が秀麗な姿を見せている。足元のところは、今すぎて来た御所の町で、田圃をへだてて緑の岡が望めるのは、記紀が伝える玉手の丘、嗛間《ほほま》の丘などの旧跡であろう。その背後には、国見山、高取、多武《とうの》峯《みね》がつづき、霞の奥に吉野連山も望める、といった工合で、居ながらにして大和平野の大部分が、視界におさまる大パノラマだ」

と、感動をもって記している。住職夫妻も親切な方たちで、その後も文通がつづいているが、お訪ねする機会がなくて今日に至った。近頃は新しい街道などもできて、景色が変っただろうと心配していたが、九品寺は山の中腹にあるためか、相変らずの静けさで、眺望もぜんぜん損われてはいない。十年一日の如くとは、正にこのことであろう。私は昔の気分に返って、昨日中国から帰国されたばかりという住職と、よもやまの歓談に時を忘れた。

役行者が亡くなった後、大和にはその遺志を継ぐ人々が何人も現れた。天平時代の行基もその一人で、純粋な行者とはいえないが、やはり山岳において修行した人物である。東大寺を建立した良弁も、お水取りをはじめた実忠も、弘法大師空海も、伝教大師最澄も、みな山へ籠って心身を鍛錬した。彼らは一流の医師であるとともに、科学者であり、土木の技術者でもあった。役行者が妖術を使ったといわれたのも、病人や怪我人を治療したからで、山を歩いている間に、薬草のことを知りつくしていたに違いない。岩橋をかけたという伝説にしても、民衆の便宜をはかって、谷に橋を造るくらいのことはしただろう。彼らは座して仏の教えを説くのではなく、実践することによって、衆生の救済につくしたのである。

その頃は「風葬」といって、墓場に死骸を放置しておく習慣があった。必ずしも野蕃な習俗ではなく、鳥に食べて貰うことによって、天へ登るという考え方に出ている。ために「鳥葬」とも呼ばれたが、その中には行き倒れて死んだものも交っていた。そういう風に放置されている死体を「三昧《さんまい》」といい、それを哀んで供養する僧を「三昧聖《ひじり》」と称した。僧侶としては、一番下積みの仕事であったが、不幸な魂を救うことこそ「菩薩行」の理想とするところであろう。住職のお話によると、行基も「三昧聖」の一人で、九品寺もかつては「三昧」を収容し、供養する寺であったという。天平時代には、寺と名のつく程のものではなく、形ばかりの草庵を建てて死者の供養に専心したのであろう。行基菩薩と呼ばれたのは、その功徳のためではないかと思われる。

後に弘法大師は行基の旧跡をたずね、「戒那《かいな》千坊《せんぼう》」と名づける寺院を建立した。葛城山の一峯、戒那山の中腹にあるからで、お寺の前を古えの高野街道が通っている。弘法大師は、高野山への往復に、行基の庵室の前を通り、その徳を記念すべく寺を建立したに違いない。真言宗が浄土宗に変ったのは、室町時代の永禄年間（十六世紀半）で、まこと極楽浄土の名にふさわしい地形である。ここに捨ておかれた無数の死体は、行基や空海などの祈りによって清らかな魂を得、永遠の眠りに安住していることだろう。

なお、九品寺の裏山には、みごとな「千体地蔵」が林立している。百年ほど前、境内の竹藪を開墾した時、土中から発見されたものとかで、いずれも南北朝ごろのしっかりした石仏である。地中にはまだいくらでも埋蔵されている由で、「千体」といっても、実際にはその二、三倍はあるとうかがった。南北朝時代に、ここには楢原《ならはら》氏の城が建っており、寺の文書に、「城兵の身代りに奉納された」と記してあるところから、「身代り地蔵」とも呼ばれているが、よほどの理由がないかぎり、これ程多くの石仏が、一時に造られた筈はない。榁原から金剛山を越えれば、向う側は千早城で、住職のお話によると、南北朝の合戦に敗れた楠木一族の供養のために造ったのではないかといわれている。たとえ理由などわからなくても、九品寺が経て来た歴史を思う時、ここに千体地蔵が建っているのは、まことに意義のあることだ。当麻寺にまつわる中将姫の伝説をみても、大和の西にそびえる葛城山系は、古代の人々に浄土のイメージを与えていたに違いない。九品寺を辞して帰る道々、二上山に落ちる夕日を眺めながら、私はしきりにそんなことを思っていた。そして、神武天皇以来、神秘のヴェールに包まれた葛城山の奥深さに、我にもあらずおののくのであった。

（『探訪日本の古寺10』小学館、一九八一年）

西行のゆくえ

西行については、昔から多くの本が書かれている。その全部に眼を通したわけではないが、私は西行の歌が好きなので、比較的たくさん読んでいるほうである。にも関わらず、西行という人間がもう一つつかめない。とらえたかと思うと、水のように手の中から流れ出てしまう。そういえば、いつかどなたかがこんなことを書いていた。

——人間のことを書く時は、その人間が自分の眼前に現れて来る。ふと気がつくと、庭の中を歩いていたりするものだ。が、西行だけはどうしても現れてはくれない。現れてもすっと逃げて行く感じがする、と。

その言葉どおりではなかったかも知れないが、私もまったく同感だったので覚えている。かといって、それ程むつかしい人間ではない。むしろ単純率直にすぎることが、我々凡人を惑わすのであろうか。歌も俗語を多く使っており、特殊なものをのぞいては、現代人にもわかりやすく、同時代の歌人たちのように、もって回った言い方をするでもない。

世の中を捨てて捨て得ぬ心地して
都離れぬ我身なりけり

捨てたれど隠れて住まぬ人になれば
猶《なほ》世にあるに似たる成けり

実に自然で素直な歌なのである。出家をしても、仏道一筋に打ちこむわけでもない。その不徹底をなじる人もいたが、西行が志したのは、仏教の向こう側にある広大な天地で、窮屈な教義に縛られるのを嫌ったのではあるまいか。佐藤一族の財力をもってすれば、僧正の位も望めたであろうに、一生を法師のままで終わったのも、彼の望みが別の世界にあったことを語っている。

第一、なぜ出家したのか、それも判然としない。或いは失恋をしたとか、親友に死に別れたとか、また崇徳《すとく》上皇や藤原頼長のような、親しい人々が失脚したからだとか、乱世に絶望したためとか、いろいろの説がある。人生の一大事に直面した時は、別に西行でなくても、誰でもあるきっかけがあって決行するものだが、その背後にはさまざまの理由が重なっているのがふつうである。時によっては自分にもかくされた原因があったりする。西行の場合も、何とはっきりわり切ることはできなかったに違いない。

様々の嘆きを身には積みおきて
何時しめるべきおもひなるらん

いざさらば盛り思ふも程もあらじ
藐姑射《はこや》が嶺の春にむつれて

山深く心はかねて送りてき
身こそ憂世を出でやらねども

「藐姑射の嶺」は、仙洞御所《せんとうごしょ》の意味で、その身は北面の武士として、また歌人として、浮世の塵に交わっていても、心は常に遁世を想っていたことは紛れもない。彼は二十三歳で出家したので、これらの歌が幼く聞こえるのは止むを得ないが、西行の歌境が円熟した後も、「しめるべきおもひ」の火が消える時はなかった。いつもこの世とあの世の間を往きつ戻りつしながら、その微妙なたゆたいの中で成長して行ったのである。

雲雀《ひばり》たつ荒野に生ふる姫百合の
なにに着くともなき心かな

かへれども人のなさけに慕はれて
心は身にも添はずなりぬる

「かへれども」は、山寺に帰ってもの意であるが、西行のわかりにくさは、一見優柔不断とも見える心の優しさにあるのではないか。というより、その孤独な心弱さに耐え、恐れず迷わず従ったところに彼の強靭な精神が見出せるように思う。西行は仏教にさえ「着く」ことがなかった。いや、仏教の教えとは、他ならぬ執着心を断つことにある。彼は独特の工夫で、天が与えた困難な道を切り開いて行った。それは神にも仏にもすがらず、自分の内なる声に忠実であることによって、悟りを開いたといっても過言ではあるまい。月や花を友としたことは今さらいうまでもないが、時には淋しさまでも心の支えとなった。

とふ人もおもひ絶えたる山里の
さびしさなくは住み憂からまし

あかつきのあらしに比《たぐ》ふ鐘のおとを
心のそこにこたへてぞ聞く

いつごろ詠《よ》んだものか知らないが、私は次の歌も好きなうちの一つである。

籬《ませ》に咲く花に睦《むつ》れて飛ぶ蝶の
羨しくもはかなかりけり

やがて西行は一羽の蝶と化して、虚空《こくう》のかなたへ飛び去って行く。もはや誰にもとらえることはできない。そのとらえがたさが彼の真実の姿であってみれば、庭の中などに現れたりしてはむしろ迷惑に感じる。そして逢いたくなった時は、悠久の空を仰いで、そこにただよう雲を眺めて、あすこにあたしの西行さんがいる、もうどこへも逃げっこない、そう思って安心するのである。

風になびく富士の煙《けぶり》の空に消えて
行くへも知らぬわが思ひかな

（『臨時増刊　現代思想』一九八二年九月）

甲斐の国

私は仕事の都合で旅行をすることが多いが、交通や情報網がくまなく行き渡った今日でも、それぞれの「国」の性格というものが、未だに失われずに遺っていることに気がつく。たとえば越前と若狭の国は、福井県に属しているが、気風も言葉も違っているし、伊勢と志摩と伊賀は、三重県に合併されているのに、明るい太陽の国と、幽邃《ゆうすい》な山国といったほどの相違がある。それにはさまざまの理由があると思うが、千数百年もつづいた「国」の伝統というものは、一朝一夕で滅びるものではないことを痛感する。さいわい甲斐の一国は山梨県に変わっただけで、さしたる支障も感じないで済んだと思うが、今度改めて取材に行ってみて、そこにはかつての甲斐の文化が、濃厚に生きつづけていることを知った。

そういう次第でこの本の題名も、〈甲斐の国〉と名づけることにしたが、それは単に昔を振り返ってなつかしむ意味ではなく、大きな遺産を遺した祖先に誇りを持つとともに、将来の指針としてほしいと願うからである。「人は後ろを見ながら前進する」といったのは、フランスの詩人ヴァレリイであるが、それはほんとうのことだと私は思っている。

甲斐は四方を三千メートル級の山でかこまれた「隠《こも》り国《く》」である。東には大菩薩峠、また金峰山《きんぷさん》を主峰とする秩父連峰がつづき、北には八ヶ岳がどっしりと居座り、西には峨々たる南アルプスがそびえ、南は御坂《みさか》峠のかなたに富士の霊峰が遠望される。それらの山塊をえぐるようにして、笛吹《ふえふき》川と釜無《かまなし》川が流れ、鰍沢《かじかざわ》のあたりで合流し、富士川となって南下する。まことに赤人《あかひと》や虫麻呂《むしまろ》が万葉集に讃美したとおりの、峻厳にして崇高な山河のたたずまいである。

こういう自然の中で育った人々が、きびしく我慢づよい性格を得たことは想像にかたくはない。太古、甲府盆地は湖であったというが、そこへ蹴裂《けさき》、根裂《ねさき》の神々が現れ、山を蹴破って富士川へ落としたので、はじめて盆地に人が住めるようになったと伝えている。その神は中道《なかみち》の佐久神社に祀《まつ》られているが、「延喜式」（延喜五年・九〇五年に定められた宮中の慣例）にものっている古社だから、甲斐生えぬきの祖先神といえるであろう。佐久神社は石和《いさわ》の付近にもあり、隣の信州にも「佐久」の地名があるのをみると、八ヶ岳などの噴火で起きた地形の変化を、神の仕わざに譬《たと》えたのではあるまいか。サクナド、サクナダリといったように、サクの名を持つ神社は、畿内にもたくさんあり、いずれも自然の脅威と、治水の恩恵を、遠い祖先の記憶によって語り伝えたものに違いない。この猛々しく、慈悲深い荒神《あらがみ》の風貌は、たとえていえばずっと後の武田信玄の事績にも投影されており、新羅《しんら》三郎義光《よしみつ》以来、甲斐の国をおさめた武将たちの面影を彷彿《ほうふつ》させる。

旧石器や縄文時代の人々は、主として八ヶ岳から笛吹川周辺にかけて住んでいたことは、多くの遺跡が発掘されたことで知られているが、それは歴史以前のことだからここでは触れない。甲斐の国が史上に姿を見せはじめるのは、景行天皇の時代である。天皇の命《めい》をうけた倭 建 命《やまとたけるのみこと》は、東夷《あずまえびす》を滅ぼすために諸国を遍歴した後、甲斐の国の酒折宮《さかおりのみや》で次のように謳《うた》った。

新治《にひばり》　筑波を過ぎて　幾夜か寝つる

すると傍らにひかえていた御火焼《みひたき》の翁《おきな》がすかさず応答した。

かがなべて　夜には九夜《ここのよ》　日には十日《とをか》を

命《みこと》はいたく嘉《よみ》して、その老人を東《あずま》の国　造《くにのみやつこ》に任じたというが、それは口疾《と》く返歌したことよりも、火焼の仕事に忠実であったことに対する恩賞であろう。夜の守りのために、火を絶やさずにいた役人は、正確に日数を知っておく必要があった。「火」は「日」に通ずるから、それは私たちが想像する以上に、大切な役目であり、呪術的な意味合いをふくんでいたのではないかと思う。

今、酒折宮跡は、甲府市内の酒折町にある。酒折は酒依とも書くが、もとはおそらく坂折で、重畳《ちょうじょう》たる山坂を越えて来た倭建命は、ここに着いてほっとしたのであろう。「新治　筑波を過ぎて……云々《うんぬん》」という調べには、何かそういった気分が横溢《おういつ》している。翁に与えた「東の国造」という漠然とした役名も、甲斐の国を東国一の要所として、重視したためではなかろうか。

酒折宮跡は、元禄年間に、本居宣長等によって定められたと聞くが、その頃には荒廃してわからなくなっていたに違いない。が、秀麗な神体山とおぼしき山を背景に、木立にかこまれて鎮まっている社《やしろ》には、いかにも古代の行宮《あんぐう》にふさわしい雰囲気がある。疑問は未だにくすぶっているらしいが、宣長ほどの碩学《せきがく》が、歴史上の大切な遺跡を、伊達や酔狂で定めた筈はないと私は思っている。お宮の裏手には、古墳のような丘があって、今も大きな石が散乱しているのをみると、何か由緒のある一廓であったことは疑えない。

古代の甲斐の国は、だいたい笛吹川にそって開けたようである。古墳もその周辺に密集しており、古い神社やお寺も多い。そういえば、今から十年ほど前、青梅《おうめ》街道を越えて来て、峠の上から見た夢のような景色を私は忘れることができずにいる。杏《あんず》か桃か定かではないが、なだらかな丘から平野にかけて、一面に紅《くれない》の絨毯で敷きつめられ、その間《かん》に点々と白い花が美しい文様をちりばめていた。話に聞く桃源郷とは、正にこのことだと私は思った。実はこの度の取材でも（ちょうどそういう時節に当たっていたので）、もう一度あの風景に接したいと念《ねが》っていたのだが、……それは果たせずに終わった。桃は咲いていたが、昔日の面影はない。気候のせいで花が少なかったのか、それとも前ほど作らなくなったのか。いや、そうではあるまい。真に美しい風景というものは、一生に一度のものだと、近頃私はそう思うようになっているが、あれは甲斐の国つ神が、ふとした機会に見せて下さった美しい横顔であったかも知れない。そういって悪ければ、「縁」という言葉に置き換えてもかまわないが、あの時、垣間見た花の縁にひかれて、今、私は、こうして甲斐の国のことを書いているのである。

そのほか、水晶や印伝《いんでん》の取材にも度々通ったことがあるが、改めて、土地の方々に案内して頂くと、甲斐の国について、私はまったく無知であることに気がついた。笛吹川にそって開けたことも、実はこの度はじめて知ったのである。そのあたりに古墳が多いことは既に記したが、銚子塚からはおびただしい数の副葬品が出土しているし、狐《きつね》塚からは「赤烏《せきう》元年（二三八年）」の銘のある四神四獣鏡《ししんしじゅうきょう》が発見されている。赤烏元年といえば、三国時代の年号で、この一事からも、甲斐の古代豪族が、偉大な勢力を蓄えていたことがわかる。

『大日本地名辞書』によると、笛吹川は一名音取《ねとり》川ともいったそうで、笛吹とか音取というのは、古代の葬儀と関係がある。お能や歌舞伎では、幽霊を招きよせるための音楽を「音取」といい、死者もしくは精霊が登場する時の伴奏であるから、笛吹川の周辺に古墳が多いのは当然のことなのだ。古代の人々は、笛を吹きながら挽歌を謳って、この川筋をのぼったのであろう、そういう情景が想像される。

お能の話が出たついでに、昔の笛吹川の支流、石和川（鵜飼川ともいう）には、「鵜飼」という名曲があることも記しておきたい。昔、石和川は、殺生禁断の地であったが、鵜飼を業とする老人が、鮎を獲ることの面白さに罪を重ねるうち、ついに露見して殺されてしまう。その幽霊が現れて、懺悔《ざんげ》のために鵜を使う場面が見所になっており、最後には法華経の功徳によって救われるという筋である。

石和の町にある鵜飼山遠妙寺《おんみょうじ》がその旧跡で、昔は石和山鵜飼寺と称したと聞くが、そのほうがはるかに自然で、美しい名前だと思う。ここでも亡者が登場するのは、笛吹川の流れの伝統によるが、現在は幽霊のほうが逃げ出したくなるような繁華街で、そのただ中に建つささやかなお堂と、鵜飼の翁を祀る祠《ほこら》が見えかくれする様《さま》は、そぞろに哀れを催させる。

石和から東へ行くと、一宮《いちのみや》がある。甲斐一宮は、富士山の木花開耶比売《このはなのさくやひめ》が祭神で、その近くに国分寺と国分尼寺跡が見出される。どこの国でも、一宮と国分寺は、同じところにあるのがふつうの形であるが、それには神仏習合の長い歴史があった。

ここでちょっと神社と寺院の関係について述べておくと、太古日本の人々は自然を神として崇拝しており、なかでも美しい山が信仰の対象となっていた。

不尽《ふじ》の嶺《ね》を高み恐《かしこ》み天雲《あまくも》も
い行きはばかりたなびくものを

という高橋虫麻呂の歌にも、富士山を神と仰いだ万葉びとの心が、如実に表れている。既に仏教が行き渡った時代でさえ、山の信仰は少しもおとろえることはなく、仏教が興隆するにつれ、それはいよいよ盛んになって行った。山そのものを神体として礼拝した人々は、寺院の建築に影響されて、神社を建てるようになり、仏像彫刻に啓発されて、神像も造られるようになった。

たとえば御坂町《みさかちよう》の美和《みわ》神社は、大和の三輪《みわ》大社を勧請《かんじよう》したもので、甲斐の国の二宮になっているが、そこに祀ってある大物主《おおものぬし》の神像は、平安初期、樟《くすのき》の一木造りで、大和でも稀にみるほどの傑作である。その堂々とした体軀といい、単純でしっかりとした風貌といい、あの秀麗な大和の三輪山が、そのままゆるぎ出たような印象を与える。仏像・神像を問わず、甲斐の国の彫刻の中では、最高の逸品ではないかと私は思っている。

社伝によると、美和神社は、倭建命の時代の創建と伝えるが、三輪山の信仰はあったとしても、神社が造営されたとは信じがたい。やはり国分寺ができた天平時代前後に、国府の役人によって勧請されたのであろう。神社と寺院はそのように、錯綜しながら次第に形をととのえて行った。神仏の習合を最高にはたしたのは、奈良時代の役行者《えんのぎょうじゃ》かも知れないが、仏教の僧侶の中にも、良弁《ろうべん》や行基のような山岳修行者もおり、日本の仏教は、山の信仰に起こったといっても過言ではないと思う。少し後の弘法大師は、丹生明《にうみょう》神《じん》に導かれて、高野山を開いたし、伝教大師《でんぎょう》も、日吉《ひえ》の神に祈願して、比叡山寺《ひえいざんじ》（後の延暦寺）を建立した。その後も日本の神と仏は、さまざまの形に混じり合い、時には互いに利用しながら発展をとげたのである。

簡単にいってしまえばそういうことになるが、明治の廃仏毀釈によって、多少の打撃はこうむったものの、千数百年の伝統は政治の力より強かった。今でも神仏は至るところで混淆《こんこう》しているのである。外国でもそういう例は少なくないが、いずれかの側へ吸収されてしまうのに反して、日本の場合は、両立している。対立するのではなくて、共存しているのだ。このことは、深く掘りさげれば、日本文化の本質にまで到達するであろうが、今はそこまで触れているひまはない。

そういうわけで、一宮に国分寺があるのは、極めて自然な成り行きなのである。現在の国分寺はささやかな寺にすぎないが、畑の中に遺っている塔の礎石は、天平時代に創建された当時の壮観を何よりもよく物語っている。私が訪れた時は、大きな心礎《しんそ》の上に、桃の花が散りかかり、柱穴のたまり水が空往く雲を映していた。国分寺跡からは、天平の瓦も出土しており、悠久の歴史の歩みと、伝統の重さを、肌身に感じるのはそういうものに接した時である。

国分寺には諸説あって、東山梨郡春日居町《かすがいちよう》の寺本廃寺《てらもとはいじ》跡からも、大きな礎石や古い形式の瓦などが発見され、最初の国分寺はそこにあったのではないかという説もあるが、今は一宮の現在地に落ち着いたようである。そのほか推古・白鳳の古刹もあったらしいが、おおかた廃絶した中にあって、昔ながらの姿を保っているのは、勝沼の柏尾《かしお》山大善《だいぜん》寺《じ》である。かつては柏尾山一帯を領した大寺で、境内に遺る鎌倉時代の建築と、本尊の薬師如来（平安初期）はみごとなものである。寺伝によると、元正天皇の養老二年（七一八）、行基が草創したと伝え、本尊も行基の作とされているが、それは信用できかねる。大善寺の創立は、薬師三尊とほぼ同じ時期に、土地の豪族三枝《さえぐさ》氏が建立した氏寺であろうといわれている。

昭和三十七年（一九六二）冬、大善寺の東方に当たる柏尾から、康和（十一世紀末）

の銘のある経筒が出土した。詳細ははぶくが、それは寂円と呼ぶ無名の僧が、足掛け四年を費やして書写した如法経の容器で、筒身の周囲に長い銘文が記してある。平安中期から鎌倉時代へかけては、末世思想が世の中に蔓延しており、また実際にも、公家《くげ》から武家へ勢力が移って行く転換期にも当たっていた。当時の人々は、そういう不安を写経に託し、経塚《きようづか》を造って地下に埋めることにより、来世に救われることを願ったのである。それは浄土の思想とも、弥勒の信仰とも関わっていたが、藤原道長が十一世紀初頭に、吉野の金峰山《きんぷせん》に経塚を建てたのをはじめとする。寂円の経筒と、道長のそれの間には、約百年のへだたりがあるが、まったく同じ雰囲気のもので、銘文が伝えるように、土地の豪族三枝氏の庇護のもとに、その大業がなしとげられたことを語っている。

そういえば、甲斐の国にも金峰山があるから、康和の経筒とも、何らかのつながりがあるのかも知れない。たとえば寂円が、金峰山に籠って霊夢を蒙ったというような。だが、それを証する何物もない。甲斐の金峰山が、いつ頃吉野から勧請されたか、はっきりしたことはわからないが、昇仙峡の御岳金桜《みたけかなざくら》神社は、吉野の金峰山の蔵王権現が祭神で、延喜式内社であるから、平安初期頃には早くも存在したに違いない。吉野の金峰山は、万葉集に、「み吉野の御金嵩《みかねがだけ》」と謳われた霊山で、「宇治拾遺物語」には、山中に金が埋蔵されているが、山の神が惜しんで人に採ることを許さなかった、と記してある。

こちらの金峰山でも、最初の頃は金が採れたのではなかろうか。少なくとも、水晶が採取されたことは前に取材した時に聞いており、そのことを大善寺の住職にお尋ねすると、それは金峰山ではなく、大菩薩峠の北側の「黒川金山《くろかわきんざん》」で、またの名を「鶏冠山《けいかんざん》」と呼ぶと教えて下さった。はじめは川へ流れて来る砂金を採取するだけであったが、武田信虎《のぶとら》・信玄の時代には、大々的に採掘するようになり、殆ど採りつくしたと聞いている。三枝氏の財力も、武田氏の武力も、ひとえに黒川金山に支えられていたことを、私はその時はじめて知った。甲斐の人々には自明のことかも知れないが、取材のたのしみの一つはそういうところにある。

地図で見ると、黒川金山と金峰山は、秩父連峰の峰つづきで、同じ鉱脈が流れていたのではなかろうか。金は産出しなかったとしても、水晶が採れたことは確かだし、山岳信仰の行者たちが眼をつけなかった筈はない。弘法大師を見てもわかるように、当時の僧侶や聖《ひじり》たちは、あらゆる物事に通じた技術者であった。彼らの信仰を支えたのは技術と財力であり、それらを駆使することによって、民衆の救済につとめるとともに、仏教の発展に力をつくしたのである。

金峰山の周辺には、金桜神社がいくつもあり、吉野と同じく蔵王権現を祀っている。それらはみな金峰山へ登る行者道に建っており、金桜神社といわなくても、蔵王権現社と名のるものを加えると、十指に余るという。おそらく後者のほうが元からあった名前で、金桜は後に考えた美称なのだろう。昇仙峡の御岳金桜神社には、前に参詣したことがあるので、この度は牧丘《まきおか》の社《やしろ》を訪れることにした。牧丘の町をはずれると、次第に道は登り坂となって、緑したたる田園風景となる。ささやかな社のわきには、清水が滝のように流れており、山吹が咲き乱れているのがひとしお風情をそえていた。

この牧丘金桜神社には、美しい蔵王権現の御正体《みしょうたい》鏡がある。御正体というのは、神仏習合の一形式で、鍍金《ときん》の鏡に神仏の像を彫り、本尊として礼拝の対象としたものである。吉野から熊野へかけては無数にあり、手法はさまざまだが、古い作（平安中期頃から鎌倉時代）ほど、厚彫りで、しっかりしていることはいうまでもない。

ふつう鏡は神社の御神体になっているが、元をただせば天照大神《あまてらすおおみかみ》が鏡に姿を映して、子孫へ遺した故事によっており、御正体の場合も、生身《しょうじん》の蔵王権現が出現したことを示している。蔵王権現は、役行者が、吉野の金峰山で感得した神とも仏ともつかぬ独特の存在で、早くいえば不動明王と山の神が合体したような感じをうけるが、その時、外来の仏教は、はじめて日本の土に根をおろしたといえるであろう。役行者は一介《いっかい》の呪術者にすぎず、蔵王権現も正統派の仏ではないが、その功績は大きいと私などは思っている。

牧丘の金桜神社から、私たちは奥社へ向かった。道はだんだんせまくなり、山は四方からせまって来るが、金峰山はいつまで経《た》っても見えては来ない。それはこの辺の山が深く、重なり合っているからで、私が金峰山を見たのはいつも信州の側からであった。この度の取材では、登ることもできなかったが、写真で見ると、頂上のあたりは、やはり神山と呼ぶにふさわしい峨々たる風景である。ふつう奥宮は頂上にあり、そこから順に里宮、田宮と三段階に降りて来るのが常の形式であるが、田圃《たんぼ》の少ない山国では違うのであろうか。それとも参詣人の便宜のために、里宮を奥社と呼んでいるのかも知れない。

ともあれ、その奥社地には、ささやかな朱《あけ》の鳥居が建っているだけで、古い石積みと小さな祠《ほこら》が遺っているにすぎなかった。今は牧丘の行者道を辿る人々も絶えて久しいのであろう。その淋しい眺めに却《かえ》って私は心をひかれ、山の緑と鶯の声に、しばし浮世の汚《けが》れを忘れる想いがした。

塩山《えんざん》から東北の山中には、雲峰寺《うんぽうじ》がある。正確には塩山市上萩原《かみはぎわら》というところで、杉木立にかこまれた高い石段を登って行くと、茅葺《かやぶ》き屋根の大きな庫裡《くり》が見えて来る。その前に樹齢数百年の桜の大木があり、私が行った時は、まだ花には早かったが、盛りの頃はさぞ見事であろうと想像された。

現在、雲峰寺は禅宗の寺になっているが、その草創は古く、天平時代に遡る。行基が甲斐の山中で修行していた時、雷鳴とともに大石が裂け、裂けた中から萩の大木が生じ十一面観音が出現したので、その萩の材で本尊を刻んだといわれている。あまりできすぎた話で、信じることはできないが、甲斐の国に行基や役行者の伝説が多いのは、山岳信仰が盛んであったことを証《あか》している。雲峰寺の山号も「裂石山《さけいしざん》」というが、近くの玉宮の玉諸《たまもろ》神社にも、山が裂けて水晶が湧出したという言い伝えがあり、例の蹴裂・根裂の神々ともどこかでつながっているのかも知れない。というより、気候風土のきびしい山岳地帯では、地震や雷鳴にはしじゅうおびやかされたであろうし、そういう生活体験の積み重なりが、恐ろしい山神の伝説を形成していったのであろう。

甲斐の国府の鬼門に当たる雲峰寺が、戦国時代に、武田氏の祈願所にえらばれたことも、偶然の一致とは思われない。信虎・信玄親子は、ことさら信心深い人たちであったから、みずから甲斐の国の、いや、日本の救世主をもって任じており、山神の再来と信じていたとしても不思議ではない。ここにはかの有名な「風林火山」の旗のほかに、武田氏累代《るいだい》の日の丸の旗、武田菱《びし》の馬標《うまじるし》、諏訪法性《ほっしょう》の旗標《はたじるし》など、眼もあやな遺品が蔵されている。

それらを見ると、武田一族の思想というか、先祖代々信じていたものが、何よりもよく表れているような気がする。ことに日の丸の旗は実に美しいもので、白地の薄絹に、紅《くれない》の日の丸が大きく染めてあるのだが、これは天喜《てんぎ》四年（一〇五六）に、後冷泉《ごれいぜい》天皇から、源頼義に賜ったものを、新羅三郎義光が受け継ぎ、甲斐源氏の重宝になったと伝えている。また武田菱の馬標も――これは紅地に黒漆で染めてあるが、今私たちが知っている菱形ではなくて、花菱文《もん》になっており、藤原時代の優美な文様の名残をとどめている。信玄はいつもこの馬標を誇らしげに先頭に立て、風の如く疾《と》く、林の如く静かに、戦場を闊歩したのであろう。このような見事な宝物に接すると、信玄の武勇が、一朝一夕で培われたものではないことに気がつく。私は、美しいものに出会って、感動しないと、その時代の精神も、人間も、とらえることができない性分なのだが、ここ雲峰寺においで、武田氏の経て来た歴史と、ひいては甲斐の国の文化が、おぼろげながらつかめたように思うのであった。

塩山の町へ入る途中の街道筋に、こんもりとした杜《もり》が見える。案内して下さった方にたずねると、菅田《かんだ》天神社であった。菅田天神と聞いたとたん、昔見た武田氏の鎧《よろい》が眼に浮かんだ。こまかいところは覚えていないが、実に堂々とした風格の鎧である。確か修理が不完全でばらばらになっていたのを、東京の博物館で仕直して、元の形に還ったように記憶している。大三島《おおみしま》神社の紺糸縅《こんいとおどし》の鎧と、厳島《いつくしま》神社の為朝《ためとも》所用と伝える小桜縅と、並び称される逸品で、平安時代の作である。やはり小桜縅の一種であるが、日の丸の旗とともに「御旗楯無《みはたたてなし》」と呼ばれて、武田氏重代《じゅうだい》の神宝として崇拝されて来た。武田一族の誓盟文に、「御旗楯無も照覧あれ……」という言葉があったと聞くが、「楯無」とは、楯も必要としないほどの立派な鎧、ということであろうか。「保元平治物語」にも源義家伝来の重宝として、頼朝の「源太の産着《うぶぎ》」などとともに、「楯無」の名が見えており、当時から有名なものであったらしい。

この鎧には哀れな逸話がある。天正十年（一五八二）、武田勝頼が織田信長と戦って敗北し、天目山《てんもくざん》の田野において自害した時、十六歳になる嫡子信勝に鎧着の式を行なった。その時、万感の想いをこめて、「楯無」の鎧を相伝したことは断るまでもない。信勝もともに自刃《じじん》したようであるが、その鎧が信長の手に渡るのを恐れて、家来の一人が塩山の向岳寺《こうがくじ》の庭に埋めた。後に徳川家康がそれを発掘させ、菅田天神社におさめたと伝えている。

武士の習いとはいいながら、義光以来二十代もつづいた名家の没落と、陣中においての父子の最期を想う時、私は涙なくしてこの鎧を見ることはできない。信玄の一族は、伝統の重さに耐えかねて自滅したといっても間違ってはいないと思う。それにひきかえ、信長は、宗教も伝統も無視してはばからぬ近代人であった。近代人というより天才だった。武田と織田の違いは、騎馬と鉄砲の差だとよくいわれるが、なりふりかまわぬ信長の前に、さしもの「楯無」もなすすべがなかった。信玄の死とともに、みるみるうちに滅びてしまう武田の最後は、哀れというよりむしろ美しい。名家が没落する時はそうしたものだろう。一方、相手の信長も、持って生まれた天才の孤独さ故《ゆえ》に、身を滅ぼすのであってみれば、美点と欠点は紙の裏表のようなものだと考えざるを得ない。

話が武田氏の騎馬団に及ぶと、どうしても「甲斐の黒駒《くろこま》」について述べておかねばならない。

ぬばたまの甲斐の黒駒鞍著《き》せば
命《いのち》死なまし甲斐の黒駒

これは日本書紀「雄略天皇紀」（十三年九月）にのっている歌で、詳細は省くが、その頃既に甲斐の黒駒が有名であったことを示している。もっとも『岩波古典文学大系』の註によると、歌の姿が雄略天皇の時代より新しいので、天智天皇の頃の作が混入しているのではないかともいっている。それはともかく、非常に古くから良馬を産したのは事実で、至るところに「牧」の地名が遺っていることでも想像がつく。聖徳太子の愛馬も、甲斐の黒駒であったと聞くが、法隆寺の近くには、「駒塚」といって、その黒駒を埋めた墓があり、馬の手綱をとっていた舎人《とねり》の調子麿《ちょうじまろ》の墓も付近にある。それらは好事家の作り話かも知れないが、歴史というものはそういう風にして民間に伝わって行く。換言すれば聖徳太子を偲ぶ心が、愛馬や舎人の上にまで及ぶのだ。私がはじめて甲斐の黒駒について知ったのも、ある日偶然この「駒塚」を発見したからである。

逢坂《あふさか》の関の清水に影みえて
　今やひくらむ望月《もちづき》の駒　（拾遺集）

という紀貫之の歌は、信州の望月の駒であるが、仲秋の日に、駿馬を朝廷へ献上する儀式は、甲斐の国でも行なわれており、それを「駒牽《こまひき》の行事」といった。この歌の場合は、望月の地名に、望月（仲秋の満月）をかけて謳っているのだから、広い意味では、甲斐の黒駒も、その中に含まれていたと解していい。

平安末期には、優雅な駒牽の行事も廃されたが、朝廷の御牧《みまき》の伝統は、甲斐源氏に受け継がれ、信玄に至って頂点に達する。幼時から馬とともに暮らし、馬を友とした信玄父子は、甲斐の黒駒とは一心同体の間柄にあり、いわば馬と心中する覚悟をしていたに違いない。信玄ほどの名将が、鉄砲の存在に気がつかなかった筈はないのである。

今は馬の牧場も姿を消したと思うが、北巨摩《こま》郡に点在する「御牧」の跡を訪れる時、朝日にかがやく黒駒のたてがみと、天まで届けといななく勇姿を、私は想像してみずにはいられない。幼い頃、富士の裾野で暮らしたことのある私は、馬に乗って籠坂《かごさか》から御坂峠のあたりを駆けめぐった経験があり、多少は黒駒の子孫のお世話にもなっているのである。

向岳寺については「楯無」の鎧のところでちょっと触れたが、「塩山」の山号を見てもわかるように、塩山を背景にした禅宗の本山で、関東では唯一の南朝系の勅願寺であったという。開山は抜隊得勝《ばっすいとくしょう》という禅僧で、十四世紀後半、武田氏十代の大守、信成の援助によってここに道場を開いた。「向岳」という寺号は、富士山に向かって法を説いた夢を見たからだというが、それは夢ではなく、実際にそういう気概にあふれた人物であったに違いない。向岳寺には、優れた美術品が蔵されているが、とりわけ鎌倉時代の達磨《だるま》図は有名である。

そこから塩山の裾を北へ向かって行くと、恵林寺《えりんじ》に至る。この寺は元徳二年（一三三〇）、夢窓国師の開山で、本堂の裏には自作の庭園が遺っている。夢窓国師の作庭と称するものは多いが、庭というものは時々刻々に姿を変えるため、真偽のほどはわからない。ここには武田信玄の廟所《びょうしょ》のほかに、武田家の遺品が数多く遺っており、参詣人がひきもきらない。私が行った時は桜が盛りで、三門のあたりは人出で賑わっていた。

この寺で忘れてならないのは、快川《かいせん》和尚の壮挙であろう。壮挙という言葉は適切でないかも知れないが、恵林寺が織田勢に包囲された際、当時の住職であった快川は、寺にひそんでいた武田の落人《おちうど》を渡すことを肯《がえ》んぜず、ために三門楼上《ろうじょう》に、百余名の僧とともに閉じこめられ、無慚にも焼き殺された。
その時の偈《げ》、

安禅《あんぜん》必ずしも山水を須《もち》ゐず
心頭を滅却すれば火も自《おの》づから涼し

現在の建築は、後に徳川家康が再建したものだが、実際にその土地へ来て、三門の前に立ってみると、焼き殺されたことの哀れさより、楼上に立って獅子吼《ししく》した時の凄まじい迫力がひしひしとせまって来る。快川は美濃の生まれだったと聞くが、さすが信玄に招かれただけあって、信玄の師たるにふさわしい傑物であった。恵林寺にはその肖像画も遺っているが、穏和な風貌の奥に、「動かざること山の如」きしたたかな表情を秘めている。

恵林寺から放光寺《ほうこうじ》へ向かう。放光寺は真言密教の寺院で、塩山の一番奥まった山麓に建っている。一名「梅の寺」とも呼ばれ、境内には古木が多く、私が行った時も梅の盛りであった。

住職の清雲俊元《きよくもしゆんげん》氏にお目にかかって、いろいろな興味あるお話をうかがったが、その日は仏像を拝観しただけでおいとました。

甲斐の国には、一般に知られていない仏像がたくさんある。私にはあまり仏教彫刻の知識はないので、この本（『甲斐の国』）に写真をまとめて掲載し、解説も別に書いて頂いた。甲斐の仏像を全部拝観したわけではなく、紙面の都合もあるので、二、三印象に残ったものを記しておく。

その一つに、放光寺の愛染明王《あいぜんみょうおう》がある。愛染明王は、愛欲を司るインドの神が、真言密教にとり入れられ、衆生《しゅじょう》の煩悩を断つための明王に変身したものである。全身を朱で彩り、三目六臂の恐ろしい形相で、頭上に獅子頭を頂く。この彫刻がちょっと変わっているのは、両手を頭上に高くあげて、弓に矢をつがえていることで、矢が放たれる瞬間の緊迫した力を感じさせる。時代は平安末期頃だろうが、ほかにも不動明王や毘沙門天のような忿怒《ふんぬ》相の像が多いのは、甲斐源氏の建立による寺だからであろう。愛欲を断つための明王も、今は昔のインドの神に還元し、恋愛の成就を祈る若者たちに信仰されているのは面白い。

放光寺は、甲斐源氏の安田義定《よしさだ》の開基で、元暦《げんりゃく》元年（一一八四）、大菩薩峠の麓、一之瀬高橋からこの地に移され、「高橋山《こうきょうざん》」の山号をとどめている。境内には梅だけではなく、あやめ、藤、桜、つつじなどが妍《けん》を競っているのは、住職が花がお好きなのだろうか。今では「梅の寺」というより、「花の寺」と呼んだほうがふさわしいように思われる。

またの日私は、身延山へ行った。桜が咲いたというので、急に予定を変更して、富士川にそって南へ下る。釜無川と、笛吹川が、鰍沢の付近で合流する地点も、その時しかと見届けることができた。

桜といえば、甲斐の国には、美しい桜がたくさんある。日本一古い「神代桜《じんだい》」も、武《む》川《かわ》村の実相寺《じつそうじ》にあるが、老木なのでまだ花には早かった。また、北巨摩郡小淵沢町《こぶちざわちょう》の畑の中にも、美しいしだれ桜があり、中央線の電車の中からも見えるので、花の頃はいつもたのしみにしているが、数年前に行った時は、桜のすぐそばに工場が建ち、その煙突の煙におかされていることを知った。こういうことはぜひ県庁で注意して頂きたい。緑の自然を大切にしている甲斐の方々に、それが単なる謳い文句に終わらぬよう、こういう機会に私はお願いしておきたいと思う。

その日は荒れ模様で、風雨が強かった。身延山ははじめてなのであるが、ゆっくり拝観することもならず、長い参道につづくみごとなしだれ桜に、ただ眼を見はるばかりであった。ことに祖師堂の周囲のしだれ桜は美しかった。折からの強風にあおられて、右に左にゆれ動く様は、お能の「道成寺」の狂乱を見ているように、妖しく、なまめかしい。桜のこのような凄艶な姿に接したのははじめてで、それだけでも身延山に来たかいがあると思った。

早々に山を降りて、木喰上人《もくじきしようにん》の生まれた下部町丸畑《しもべちようまるばたけ》へ向かう途中、中富《なかとみ》の大聖寺《だいしようじ》へ立ち寄った。ここにも桜の古木があり、美しい山を背景に、雨にぬれている景色には風情がある。この寺の本尊は不動明王である。義光の曾孫《ひまご》、加賀美遠光《かがみとおみつ》が、承元年間（十三世紀初め）に京へ上り、禁裡の守護に当たっていた時、高倉天皇を悩ませた怪物を討ち取ったため、清涼殿に安置されていた不動明王を賜ったと伝える。源三位《げんざんみ》頼政《よりまさ》の鵺《ぬえ》退治と大同小異であるのは、弓の名人の頼政と遠光が、混同されているのではなかろうか。

この不動明王の制作年代は、ちょうどその頃か、少し前のもので、鎌倉時代の彫刻のように気ばっていず、むしろ静かで、どっしりとした印象を与える。お寺はそれより古く、義光の草創と聞いているが、甲斐の寺の中では古風で、昔ながらの面影を遺しているのが、気持ちいい。

東京の友人から、甲斐へ行ったら、木喰上人の生まれた村をぜひ訪ねるようにいわれた。その頃には雨も止み、風も凪《な》いだので、富士川の対岸（東）へ渡る。しばらく行くと、下部温泉があり、そのあたりから道がせばまって、山へ入ったところで、急に視界が開ける。私が想っていたよりはるかに穏やかな山村で、高原の盆地といった感じである。

木喰行道《ぎようどう》は、享保三年（一七一八）、伊藤六兵衛の子に生まれ、十四歳の時に郷里を出奔し、二十二歳で出家した、といわれる。「木喰」というのは、即身成仏（生きながら仏と化す）をとげるために、木の実・草の実を食べて修行することで、その行に入ることを「木喰戒」という。したがって、何人もの木喰上人がいたことになる。この木喰行道は、諸国を遍歴して、千体仏を造る念願を立て、その巡礼の途上、九十三歳の時に亡くなったと伝える。彼の場合は、仏像に魂を込めることにより、即身成仏の思想を実現したといえるであろう。

みな人の心ごころをまるばたけ
かどかどあればころげざりけり

この歌を読むと、丸畑の風景が、彼の彫刻の上に、大きな影響を及ぼしていたことがわかると思う。

丸畑の永寿庵には、木喰の五智如来像が遺っているが、後に彼は四国堂も建立し、四国八十八ヵ所にちなんで、八十八体の仏を造っておさめたが、それはほとんど散佚《さんいつ》したと聞いている。木喰は円空と並び称される彫刻家で、いわゆる仏師ではなくて、素人作家にすぎないが、その作品には技術を補って余りある気魄がほとばしっている。仏像彫刻が衰退した江戸時代に、円空や木喰のような人物が現れたのは、不思議としかいいようがない。そういう意味では、文化が混乱している今の時代にも、私は希望を失ってはいないのである。

以上に述べたことは、ほんとうは甲斐の国の方たちにお任せすべきであった。私のようなよそ者が、何回か取材に通ったくらいで、古い国の歴史や文化の奥底まで見通せる道理はない。既にそういう著書も何冊か出版されており、参考にさせて頂いたが、外部の者にはまた違った見方もあるので、その意味で依頼を受けたのだが、結果はどうあれ、ありがたく思っている。

結局は、何の発見があろう筈もなかったが、私は見たまま、感じたままを、正直に記したつもりである。取材はもっと広範囲に亘っていて、書き残したものはたくさんあるが、それは別の機会に述べる折もあろう。

一つの国と付き合うのは、人間の付き合いと同じことで、今ではもう甲斐の国が自分の故郷のような気がしている。都会で育った人間は、——ことに東京のような無性格な国際都市には、ふるさとの匂いはない。自然もなく、季節の変わりめも感じられない。つまりは故郷を失ったのも同然で、それだけに、故郷に対してあこがれを抱いており、ひいては「国」というものの存在にも心をひかれる。とりわけ外国生活の長かった私には、日本の国ほど興味の深いところはないのである。

甲斐の国は、私のそういう想いを存分に果たしてくれた。私のわがままな願いと勝手な注文を、快《こころよ》くひきうけて下さった方たちに深く感謝している。

(『甲斐の国』テレビ山梨、一九八四年)

なんとかなるサ

私は子供の時からお能に親しんでいたので、「この世は仮りの宿」とか、「中有《ちゅうう》に迷う」とか、「此岸《しがん》から彼岸《ひがん》に至る」とか、「生死を離れる」などという言葉を、もの心もつかぬうちに覚えてしまった。頭が覚えたのではなく、まるで毛穴から浸透するといった工合に、そういう言葉の毒に全身がおかされていた。あえて毒といったのは、ほんとうに知っているわけではないのに、すべて解かったような気がしていたからで、知識で頭でっかちになるよりも、これはいっそう始末に悪いのである。

てっとり早く仏教の信者になればよかったろうに、今の仏教界にそれほどの魅力はない。個人的には尊敬しているお坊様が一人か二人いられるが、信仰してもいないのにそういう方々をわずらわすのはいやである。というわけで、いたずらに年をとってしまったが、まわりを見回すと、頼りになる友達はいなくなり、夫も死んでしまって、ほんとうに独りぼっちになった感がする。淋しいことも事実だが、それより自分ひとり生きているのが不思議なような心地がして、早くどうにかしなければならないと思う。はっきりいえば、このまま死んでしまうのは御免だという意味である。

生来、楽天的なせいか、この独りぼっちという実感は、淋しいけれども悪くはない。ふつう一般の人々は、そんな体験は若い時に卒業してしまうに違いないが、そこが私の間抜けなところであるとともに、チャンスもなかった。が、ひたひたと押しよせる老いの波というものは、若い時の孤独感とはおのずから違うであろうし、チャンスがなかったのは運がよかったのかも知れない。

考えてみると、私は今まで殆ど過去を振り返ったことがなかった（たまに昔の話をしてくれと頼まれることはあっても、そんなものは過去のうちには入らない）。が、あとに残された時間——それは五分先か十年先か解からないが——を考えると、私を支えているのは過去の経験しかないことに気づいて、愕然とするのである。

なんといっても世間見ずのことだから、大した経験をしたことはないけれども、若い時に死にかけたことが三度ある。三度とも意識不明になって、心臓さえもてば助かるかも知れないという状態であった。危篤だというので、家族がベッドのまわりに集まっていた。こっちは意識がないのだから、何も解からない筈だのに、周囲で行なわれていることは逐一知っていた。文字どおり、無意識のうちに、自分の今おかれている立場を認識して、いくらか滑稽にさえ思ったものである。

ああいう気持ちをなんと説明したらいいのだろう。針が落ちる音でも聞こえる、ということがあるが、意識はなくても、聴覚は極端に鋭敏になり、遠くの部屋でひそひそ話をしている人達の話の内容まで聞こえて来る。心臓さえもてば助かる、といったのはお医者様で、その後で先生は、スポーツはしていらっしゃいますか、と聞かれた。耳だけではなく、目もつぶっているくせに、何もかも見えており、ただ口だけは利くことが出来ずにいた。意識はないのだから、むろん痛くも苦しくもない。むしろ身体中が透明になって、軽くなり、宙に浮いているような感じがした。

だから、そんな話を耳にしても、私の精神にはなんの影響も及ぼさなかった。一度は死んだ母が出て来て、ああ、自分も死ぬのだと思ったが、ちっとも怖くなかったし、あわてふためきもしなかった。それより意識が醒める時の方が苦しくて、「生きる」というのはほんとうにたいへんなことなのだ、と思った。

生死の境をさまよったことのある人は、誰でも似たような経験をするのかも知れないが、それから五十年も経った今日でも、今のことのようにまざまざと覚えているのは、強烈な衝撃を受けたからに違いない。しかも三度まで同じような目に遭ったとは、よほどシンが丈夫なのか、業《ごう》が深いので助かったのであろう。少々生意気ないいかたをすれば、あのような経験は、神様から賜ったメッセージのような気がしてならない。

なんのテレビであったか、途中から観たのでよく覚えていないのだが、たしかシュワイカートというような名前の外国人が、宇宙船のカプセルの外へ出て、中空にただよっていた時の体験を語っていた。宇宙飛行士ではなく、いずれ名のある学者なのだろうが、その方面の知識にうとい私には、科学者なのか、哲学者なのか、見当もつかなかった。

そのシュワイカート氏によれば、宇宙の中に浮いていたのはわずか五分間であったが、自分が一生の間にしてきた出来事が、その一点に集約されて還って来た。まさにその時、生死の瞬間を体験していることを自覚したという。それは何かやる（DOING）ではなくて、ただ存在する（BEING）としかいいようのない体験で、その瞬間を瞬間たらしめる、あるいはその瞬間を豊かな充実した生命で満たしているといったような、さまざまの表現を用いたが、とても言葉では説明しきれぬもどかしさが感じられた。

宇宙旅行なんかにおよそ縁のない私だが、その話には感銘を受けた。表現は違うけれども、あの死にかけた時の精神状態に、なんとよく似ていたことだろう。私はまだ若かったから、「その一点に集約される」ほどの人生経験はなかったが、子供の時から親しんでいたお能は、私の身心に動かしがたい刻印を残していた。面や装束その他でがんじがらめにされた肉体は、舞台の上で完全に自由を奪われ、自意識なんか顔を出す隙間もない。スポーツ選手がいうように、そこではふだんの稽古だけがものをいうのであったが、そういう「無」の状態を人工的につくるべく、お能は六百年もかけてひねくれた工夫を凝《こ》らしていたのである。

そこで演じるものはといえば、他界からおとずれる神や霊魂、もしくはそれに準ずる巫女《みこ》やものぐるいのたぐいで、舞台は現実から遠く離れた別の世界を形づくっている。次第に全身は透明になってゆき、それと反比例するように精神は極度に緊張する。緊張するというより、集中するといった方がいい。見物人の身動き一つも見逃さないし、見物席で交わされる私語は、その内容まで手にとるように解かる。実に面白いことは、（それは別世界の出来事だから）それによって心が乱されることはまったくなく、もし乱されたらお能はその場で崩れ去るだろう。

ここまで書けばもう読者は解かって下さるに違いない。病《やまい》が偶然もたらした意識不明の状態は、舞台に在る時の心理と寸分違わぬものであることを。もしそれが無重力の宇宙飛行の体験に比すことが出来るならば、そこに東西の文化を結ぶ狭き門の鍵が見出されるかも知れない。私の経験は、日本の文化のごく限られた一部分にすぎないが、「この世は仮りの宿」とか、「生死の境」といったような、日本の歴史に深く刻みつけられた思想は、そこでは抽象的な概念ではなく、お能のすべてにわたる形式の中で、身体で表現することの出来る生きた言葉なのだ。それはお能ばかりでなく、日本の文学その他の芸術にも、その気になれば見出すことの出来る不滅の信仰であると思う。

〈なんとかなるサ〉といういささか不謹慎な題名は、私の死生観について書けといわれ、とっさに浮かんだ題である。そんな重大な問題に直面して、なんとかなるサ、と思う以外にいったい何が出来るだろう。なんとかなったかも知れないし、ならなかったかも知れない。それは読者の判断にお任せする。

（『新潮45』一九八七年十一月号）

お水送り今昔

私がはじめて若狭の国を訪れたのは、今から二十数年前、「西国三十三ヵ所」の巡礼を取材している時であった。

西国第二十八番の成相寺から、与謝の海の美しい海岸線にそって、舞鶴へ出、青葉山の松尾寺へお参りした。そこから琵琶湖の竹生島へ行くのが順路であるが、小浜まで来た時、私はどうしても若狭彦神社に参詣したくなった。前に京都の博物館で、若狭彦神社の縁起を描いた鎌倉時代の美しい絵巻物を見ていたのと、東大寺二月堂の「お水取」に水を送る行事があるらしいことを聞いていたからである。が、当時の私には漠然とした知識しかなく、しらべる伝手《つて》もなかった。地図をたよりに、国分寺から遠敷《おにゅう》川にそって、南の谷へ入ってしばらく行くと、先ず若狭姫、つづいて若狭彦神社が現れる。小型自動車が辛うじて通れるほどのせまい道で、人に会うことも稀であったが、大杉にかこまれた社のたたずまいは神々しく、若狭一の宮の名にそむかぬものがあった。

聞く人もいないので、しばらくそこで待っていると、牛車を引いたお百姓さんが来合せた。が、こちらの質問がぼんやりしているため、なかなか相手に通じない。やっとの思いで、「お水取」と関係があるのは、「お水送り」といって、それはこの川（遠敷川）の上流の、「鵜の瀬」で行われることを知った。

そこで車を捨て、せまい山道を歩いて登ったが、それらしい河原へ辿りついてみても、別に何があるというわけではない。「東大寺」と記したささやかな黒木の鳥居が建ち、向う側が洞になって、水が渦を巻いている。ただそれだけのことなのだが、そこには何ともいえぬ密度の濃い空気が流れていた。その不思議な印象が忘れられず、その後も度々鵜の瀬を訪れ、「お水送り」の神事にも参列したが、その度ごとに景色は変っていった。今は昔の面影はまったくなく、黒木の鳥居があった河原には、きらびやかな神社が建ち、「お水送り」はテレビでも放送されるようになって、かつての神秘性は失われてしまった。それがいいことか悪いことか一概にはいえないが、少くとも私が興味をなくしたことは事実で、思い出す度に今昔の感に堪えないのだ。

「お水送り」については、『十一面観音巡礼』（新潮社）にくわしく述べたので、ここでは省くが、私などが書かなくても、いずれはテレビが放送したに違いない。諸国の祭や神事をマスコミが取上げることによって、もとの姿が破壊された例は多いのである。心ある土地の方々は、それを何と感じていられるであろうか。そのことに思いを及ぼす時、私はある種の責任を感じずにはいられないのである。

その罪滅ぼしというわけではないが、お水送りについて、いささか私が考えていることをつけ加えておきたい。周知のとおり、二月堂のお水取では、咒師《しゅし》と名づける役目の人が、若狭井に向って「ワカサ、ワカサ」と唱えると、井戸から水が湧出ることになっており、その香水を本尊にささげる。「東大寺要録」には、実忠和尚が、お水取をはじめた頃、若狭の遠敷郡に、封一千石を賜ったという記事があり、このことは若狭の国から、実忠和尚が優秀な技術家（おそらくは渡来人）を招いて、井戸を掘ったことを暗示しているのではなかろうか。大和と若狭の間に、水脈が通じているという伝説は、大和の秋篠寺《あきしのでら》にも残っていて、その水脈とは、ほかならぬ「人脈」のことであったに違いないと私は思っている。

それが後にお水送りの行事に発展していったので、若狭の国の人々は、天下の東大寺と密接な関係を持つことに、大きな誇りを感じていたのではあるまいか。そのことを記念するために、若狭彦の在す聖なる川から、水を奈良に送るという神事が考えられたのは極く自然な成行きであった。お水送りの伝説は嘘かも知れないが、真実を伝えようとした象徴的な事件であったことは確かである。

若狭の国は、千数百年の昔から、いつも都に対して、縁の下の力持ち的な役をはたして来た。都が奈良から京都へ移っても、それは同じことだった。たとえば「鯖の道」などども、その一つの現れといえようが、今も京都の台所は、瀬戸内海より若狭湾の魚によってうるおっている。京都のみならず、東京の私たちに至るまで、鯖はいうまでもなく、ぐじ、かれい、蟹など、若狭の産物のお蔭をこうむっており、木工や塗りものの類もその例に洩れない。それはひとえに若狭の神がもたらした自然の恵みにほかならず、私どもは何と感謝していいかわからぬ心地がする。「お水送り」の行事は、今も絶えることなくつづいているといえよう。

（『福井の文化』一九八七年第十号）

私の墓巡礼

墓とはいったい何なのだろう。

私たちがよく知っているものでも、いざ書いてみようとすると、何もわかってはいないことに気がつく。辞書を見れば、墓は「死体・遺骨を葬《ほうむ》る場所」と、いとも簡単に記してあるが、必ずしも死体・遺骨が入っていない場合もあり、小野小町や和泉式部のように、日本全国に数え切れないほど墓のある人たちもいる。そうかと思うと、藤原道長のような有名人でも、墓の所在がわからぬ人物もおり、まことにはかないとしか言いようのない有様なのである。先日、私は国東《くにさき》半島へ遊びに行き、山の奥や畑の中にみごとな宝塔や宝篋印塔《ほうきょういんとう》が林立するのを見て帰って来たが、その殆んどが誰の墓だか知る由《よし》もなく、はかないことでは同じであった。

私の住んでいる村では（今ではれっきとした町であるが）、つい最近まで土葬が行われていた。そして、墓は家の裏山にあった。一度そこでお百姓さんの墓掘りに出会ったことがあるが、葬儀屋などは頼まずに、親戚や近所の人たちだけで埋葬していたのは、親しみのある風景であった。そこまではよかったが、一メートルも掘らないうちに頭蓋骨《ずがいこつ》が出て来た。私はぎょっとしたが、彼らは平然としていた。

「こりゃあ、××じいさんの頭だべ。元気なじいさんだったが……、死んだのはいつだっけな」

まるでハムレットの舞台面のような会話がしばしの間つづいていたが、やがて墓掘りが済むと、頭蓋骨を土の中に戻し、その上に新仏の棺《ひつぎ》を置いた。まるで何事もなかったかのように。

そこでまたしても私は、墓とは何なのだろうと考えこんでしまうのだが、私の知っている一番古い墓は、熊野市有馬町にある「花の窟《いわや》」である。「日本書紀」に、イザナミノミコトが亡くなった時、そこに葬ったと伝え、土地の人々はこの神の魂《みたま》を、「花の時には亦《また》花を以《もっ》て祭る。又鼓吹幡旗《つづみふえはた》を用《も》て、歌ひ舞ひて祭る」とあり、巨大な岩壁の前に簡単な祭壇がしつらえてある。岩壁のてっぺんからは太い縄がさがって下の方の松の木に結えてあるが、その縄からまた何本も細い縄が垂れて花が結びつけてある。お参りの人たちは、その縄にすがって花を供え、いわゆる「結縁《けちえん》」ということを行うのであろう。むろん結縁などという言葉は仏教から出たもので、古くは祖先の霊と合体することを意味したに違いない。

だが、「花の窟」はどう見ても墓場のようには見えない。場所は熊野灘の明るい風光の中にあり、巨巌《きよがん》の正面に当るところはいくらかえぐれているが、洞《ほこら》というほど深くはなく、自然に風化したのではないかと思われる。ともかくそこが祭り場であることは確かで、もしそうとすればイザナミノミコトの遺体は、ここに置かれ、置かれたままで鳥葬か風葬に付されたのであろう。

イザナギノミコトが黄泉《よみ》の国へ追いかけて行った時には、死体は既に腐乱し、膿《うみ》が沸き蟲《うじ》がたかっていたというのも、こういう所ならうなずける。また、最後には「千人所引《ちびき》の磐石《いは》を以て」あの世とこの世をへだてたというのも、山のように巨大な一枚岩に接すれば、それが結界もしくは断絶を意味したことは一目瞭然《りようぜん》である。そういえば南紀の地方には古墳は一つもない。古墳を造るかわりに原始的な鳥葬や風葬を天国へ至る近道と信じたのであろう。そういう思想から補陀落《ふだらく》渡海の信仰が生れたのは当然のことで、もしかすると鳥葬や風葬とともに、水葬も古くから行われていたのではあるまいか。神武天皇の兄のイナヒノミコトとミケイリノノミコトは、暴風を鎮めるために熊野の海に入水《じゆすい》し、常世《とこよ》の国へ往《い》って死んだという。黄泉の国も、常世の国も、この世のつづきにあり、山や海によってへだてられていたにすぎない。それほど彼らは自然とともに在り、自然の中に生きていたというべきだろう。

勝浦の近くには補陀落山寺《ふだらくせんじ》があり、観音が住むという補陀落山へ向って船出し、生きながら命を落した人々の墓が建っている。その中には平維盛《これもり》の墓もあるが、入水して果てたのだから遺体が入っている筈《はず》はなく、厳密にいえば墓ではなく、「供養塔」と呼ぶ方が正しい。後世になると、寺の住職が死ぬと船に乗せて流したらしく、文字どおりの水葬であったから、渡海人の墓はすべて供養塔であると解していい。神代の常世の国が、観音浄土に姿を変えただけで、熊野では古代の伝統がずっとつづいていたのである。

だいたい墓と供養塔の区別がつきにくいのはどこでも同じであって、もとは「両墓制」から起った形式に違いない。両墓制については学者の間でも意見がわかれているようだが、簡単にいえば、死骸を埋める場所と、霊魂を祀る場は別のところで、前者を「三昧《さんまい》」とか「埋墓《うめばか》」といい、後者を「詣墓《まいりばか》」と称した。それも地方地方によって異なっており、今のように死体を埋めたところに墓石を建てるようになったのはよほど後のことらしい。民衆の間では、埋墓は山の上か、もしくはある特定の木の下《もと》で、それは死体の汚《けが》れを恐れたのと、古代の風葬の名残りと、自然の山や樹木を崇ぶ習慣から生れたのだろう。京都の化野《あだしの》や近江の石塔寺《いしどうじ》などに無数に建っている小さな石塔や石仏は、近所から集めたものも多いであろうが、風葬以来の墓の歴史をよく物語っている。

近江の石塔寺の三重の塔については、今までにも度々書いたことがあるが、日本でももっとも大きく（七・六メートル）、もっとも古く（奈良時代）、もっとも見事な塔であると思う。「源平盛衰記」には、昔、天竺《てんじく》の阿育王《あしょかおう》が投げた塔が日本に止どまったものであると伝え、土に埋もれていた石塔が平安時代に掘りだされたと記してある（「近江石塔寺の事」）。この伝説がまったく荒唐無稽《こうとうむけい》ともいえないのは、阿育王は釈迦の入滅後、多くの仏塔を建設した人物で、土に埋もれていたのを掘りだしたというのも、このように大きな石塔を造る場合は、穴を掘って下の方から石をだんだんに積み重ねて行き、最後に土をのぞいて全体の形が現れるようにしたからで、昔の人たちには奇蹟としか思われなかったであろう。川勝政太郎氏によると、これは墓でも供養塔でもなく、伽藍の塔として建立されたものだろうといわれているが、広い意味では世界中に無数にある釈迦の墓と考えてもいいのであって、伽藍の塔でも仏舎利を埋めることが不可欠の条件であった。

石塔寺の塔は、誰が見ても日本古来の三重の塔とは異質なので、それで印度《インド》から飛来したなどという伝説も生れたのだと思う。近江の湖南には、百済《くだら》から移住した人々が住んでいたから、彼らが造営したことは間違いないが、かといって、慶州あたりの同形の石塔とも違うのは、自然の環境が石工の技術に影響を及ぼしたのであろう。それはたとえば「井戸の茶碗」などと同じように考えてもいいもので、柔らかい姿といい、石味のこまやかさといい、日本の石造美術の傑作だとすることに私は何の躊躇《ちゆうちよ》も感じない。

この石塔に匹敵するものは、同じく近江の関寺（今は長安寺）にある「牛塔《うしとう》」であろう。これも墓であるのかないのかはっきりしないが、平安時代に関寺を建てた時、ある人の夢に、材木を運搬していた牛が、迦葉仏《かしょうぶつ》の化身であるというお告げをうけ、藤原道長や頼通《よりみち》をはじめ、多くの人々が牛を礼拝するために集まった。工事が終るとともに、その牛が死んだので、いっそう信仰を深めたということが、「栄華物語」と「今昔物語」にのっている。

大津から逢坂山へかかる手前の右側を少し入ったところにあり、見あげるように大きく（三・三メートル）、どっしりとした宝塔で、石塔寺の三重塔とは違い、どこから見ても和様で、おおらかな形をしているのが美しい。牛のためにこのような墓を造ったというのも面白いが、実際には迦葉仏の供養塔と信じて建立したのであろう。

立派な墓で記憶に残っているのは、佐藤継信・忠信兄弟の十三重の石塔である。昔は東山の渋谷あたりの露地に建っていたが、のち個人の所有となり、現在は京都国立博物館の庭内に移され、堂々とした偉容を誇っている。

継信・忠信は陸奥《むつ》の国信夫《しのぶ》の里の名家の生れで、藤原秀衡《ひでひら》の命によって、源義経の家来となり、源平合戦に功績を立てた。兄の継信は、八島の合戦で、義経の楯となって壮烈な最期をとげ、弟の忠信も、吉野山では義経の身替りとなって戦い、後に京都で頼朝の兵に攻められて自殺をとげた。もののふの鑑《かがみ》ともいうべき人物である。この十三重塔は、親族たちが彼らの供養のために建立したのであるが、生半可な財力ではこんな立派な塔が建てられた筈もない。先年、私は信夫の里に佐藤庄司《しょうじ》の邸跡《やしきあと》を訪ねたが、そこにも兄弟の大きな墓が二基あって、かつての佐藤一族の栄光を物語っていた。

　鎌倉時代には美しい墓が数多く造られたが、高山寺の墓地には、明恵上人の墓をめぐって、どっしりとした宝篋印塔が並んでいる。こういうものも宝篋印塔と呼ぶのかどうか私は知らないが、その原始的なかたちといってもいいもので、実に雄大な姿をしている。

　私が『明恵上人』を書いたのは、今からもう三十年近く前のことで、その頃はお願いすれば上人の墓も拝ませて頂けた。が、現在は覆堂《さやどう》の中に入ったきり見ることはできない。雨露に遭わないので、今できたように真白く、美しい五輪塔であったが、これらの宝篋印塔はそのまわりに、あたかも生前の明恵につき従うが如く建っているのが印象的である。

　その頃お参りした文覚《もんがく》上人の墓も忘れられない。文覚は明恵の師匠で、神護寺に住んでいた。墓はその裏山にあると聞いたので、登って行くとガランとした草原に辿りついた。数年前に山火事に遭ったとかで、木の一本もない原っぱの中にぽつんと建っている墓は、文覚の一生を表しているようで寂しかった。が、愛宕《あたご》連峯を見おろしている風景は爽やかで、鎌倉時代といっても、藤原の面影を多分に残している五輪塔は優雅であった。

　ところが今度撮影した写真を見ると、墓のまわりに立派な柵がめぐらしてあるのみか、厳重な扉までついている。これでは昔の風趣を味わうことは不可能だが、万事につけてそんな風に大げさになって行くのが、成金日本の姿なのかも知れない。

神護寺から愛宕の旧街道を下りて行くと、嵯峨へ入る。嵯峨の清涼寺（釈迦堂）には、藤原・鎌倉時代の板碑や、嵯峨天皇と檀林《だんりん》皇后と源融《とおる》の供養塔などがあるが、このあたりから二尊院へかけては、有名無名の墓が無数に見出される。

先に記した化野念仏寺もその途中にあり、東の鳥辺山、北の蓮台野《れんだいの》などとともに、昔はここで風葬が行われていた。明恵上人が十三歳の時、修行がはかどらないのを嘆き、身を捨てて狼に食われようと思い、「三昧原へ行きて臥《ふ》したるに」と伝記に記してあるのも化野のことだろう。

祇王寺《ぎおうじ》は、二尊院から北へ入った静かな山麓にあり、平清盛に愛された祇王・祇女が、仏御前の出現により俄《にわ》かに寵《ちょう》がおとろえたことを悲しんで、嵯峨に隠棲したことは「平家物語」に哀れ深く語られている。紅葉の林の中に建つ二基の墓は、祇王・祇女のものといわれるが、五輪の塔の方は清盛の供養塔とも伝え、もみじの散る頃はことに風情《ふぜい》がある。

祇王・祇女は近江の野洲《やす》郡江部《えべ》の庄《しょう》の生れで、故郷のために心をつくしたらしく、「祇王村」と呼ばれており、「祇王の井」とか「祇王堰《せき》」などと称するところが、今でも大切に保存されている。何という寺であったか忘れたが、ここでも祇王・祇女の墓を見た覚えがあるが、明らかにそれは後世に建てられた供養塔で、嵯峨の祇王寺のが当時のものだと思う。

そういえば、仏御前の墓にもお参りしたことがある。仏御前は加賀の出身で、小松の近くの「仏の原」の山中に墓があり、鎌倉時代のみごとな五輪塔であったが、村でも知らない人たちは多く、探すのに苦労したことを覚えている。

嵯峨で印象に残っているのは、常寂光寺にある早川幾忠氏の墓で、早川さんは生前にこの寺の風景を愛し、何枚も絵に描《か》いておられた。連れて行って頂いたことも二度ほどある。昔から住職とも親しく、死んだらここへ埋めて貰うのだとたのしそうに話されたが、お墓へは一周忌の時に、長男の聞多さんが案内して下さった。

墓石は何の飾りけもない長方形の花崗石《みかげ》で、「父は藤村《ふじむら》のようかんが好きだったので、その形にしました」と聞多さんはいわれた。いかにも江戸っ子の早川さんらしい簡単明瞭なお墓で、気持がいいので印象に残っている。

嵯峨にはそのほかにも厭離庵《おんりあん》に藤原定家の子、為家《ためいえ》の墓がある。一株の榊《さかき》を植えて墓標とし、そのかたわらにささやかな五輪塔が建っている。榊があるところが埋墓に相当するもので、五輪塔は供養のため、もしくは詣墓を意味しているのかも知れない。が、ここではそんな風にわける必要もあるまい。鎌倉時代になると、墓のあるところには必ず木が植わっており、古代の自然信仰の名残りを止めているとともに、そこが聖地であることの目じるしとなっていたに違いない。

大原の寂光院はいつも観光客で賑わっている。だが、建礼門院のお墓に詣《もう》でる人は意外に少い。正しくは「建礼門院大原西陵」と呼ぶが、そんな御大そうな名前より、ただお墓と呼んだ方がふさわしい。それは寂光院の背後の山の木立にかこまれて、小さな五輪塔が建っているだけである。

思ひきや深山《みやま》の奥に住ひして
雲井の月をよそに見んとは

と詠じた女院《にょういん》は、平家が壇の浦の合戦に敗れた時、安徳天皇とともに入水されたが、源氏の兵に救助され、都へ還《かえ》って剃髪した後、大原の地に身をかくされた。時に女院は二十九歳。まことに波瀾にみちた一生であった。

平家物語「灌頂《かんじょう》の巻」は、「女院御出家の事」から「女院御往生の事」に至る五章に、女院の生涯がくわしく記されており、平家琵琶では大切な奥儀《おうぎ》となっているらしい。お能の「大原御幸《おはらごこう》」も、平曲に題材を得たもので、後白河法皇が寂光院を訪れて、女院から親しく六道（地獄、餓鬼、畜生、修羅、人間、天上）の苦しみを聞くことが主旨になっている。その中に歌われた「朧《おぼろ》の清水」、「芹生《せりよう》の里」の風景などが横糸となって、青葉まじりの遅桜や、池水に映る藤波に彩《いろど》られた寂光院のえもいえぬ風情をかもしだす。紅葉の時も美しいが、青葉に香る晩春の頃が、女院を偲《しの》ぶにはふさわしい季節だと思う。

京都の周辺に源平時代の人々の墓が多いのは、その頃から石塔を造る風習が一般的になったためであろうが、平曲の流行によって、平家の人々に同情をよせたこともあるのではないか。中でも哀れをもよおすのは平重衡《しげひら》で、治承四年（一一八〇）十二月、東大寺を焼き払った後、一の谷の合戦では源氏の兵の生捕りになり、鎌倉へ護送されることとなった。平曲では大将の器に適さないひ弱な公達《きんだち》のように描かれているが、藤原兼実《かねざね》の「玉葉」には、「武勇の器量に堪ふる」人物と記されているから、世間の人々が快く思わなかったのは、もっぱら東大寺を焼亡させたことによるのであろう。

やがて平家が壇の浦で滅びると、重衡は鎌倉から南都の衆徒《しゅと》の手に渡り、木津川のほとりで首を斬られ、その首は般若寺の門前に晒《さら》されたという。かつて東大寺に火をかけた時、重衡はそこに立って奈良の都が炎上するのを眺めていたのである。

重衡の供養塔は、木津町の安福寺に建っているが、その墓は京都の伏見区石田大山町にあり、石田のバス停から日野の方へ行ったところの団地のはずれにある。この度撮影した写真では、いくらか整頓《せいとん》されてきれいになっているが、昔、私が行った時は見る影もない有様で、民家の壁の間に、崩れた五輪塔が、身をよせ合うようにして建っているのが哀れであった。

なお「平家物語」には、「骨をば高野へ送り、墓をば日野にぞせられける」と記してあるから、これも詣墓の一種であったかも知れない。或いは、首だけ高野山へ送ったのでもあろうか、今となっては知る由《よし》もない。

こうして書いてみると、私はお墓ばかり参っていたように聞える。が、実際にはこの何倍も、何十倍も見て歩いたような気がする。一つには、歴史に興味を持っていたためもあるが、石造美術を見るのが好きだったことにもよる。苔むした石味の美しさ、風化によって崩れた形の柔らかさには、日本の焼きものや漆器にも共通するものがあり、それ以上に石そのものに備わった力強さとか重厚さに心をひかれた。

そういう意味では、大徳寺聚光院《じゆこういん》にある利休の墓に止どめをさす。利休の墓は大徳寺の本坊にもあるそうで、例によって墓だかどうか判らないのだが、利休が生前に愛したもので、もと船岡山の火葬場にあった高麗《こうらい》の石塔をゆずり受け、中をくりぬいて茶室の灯籠に仕立てたという。その祟《たた》りによって切腹したという言い伝えもあり、とかく美しいものには妖しい物語がつきまとっている。

三年前に白洲次郎が亡くなった時、今までぼんやり眺めていた墓の数々が、私の目の前によみがえった。墓を建てる必要が生じたからである。

　あれこれ考えているうちに、次郎には少し悪かったけれども、たのしみになって来た。いかなる場合にも、めそめそしているより、たのしむことの方が大事だというのがわが家の家風だからである。私は自分で墓の下絵を描いてみたり、墓碑銘を考えたりしている間に、次第にイメージが湧いて来た。あまり大げさでもいやだし、さりとてあり来たりの墓でもつまらない。というわけで、五輪塔の板碑を造ることにした。そんな形式があるのかどうか私は知らないが、五輪塔の形をした板碑という意味である。

　幸い私には多くの職人さんの友達がおり、植木屋の福住さんが黒小松の古いのを持っていたので、それを使うことにきめ、彫刻は石工の高木辰夫さんに頼むことにした。

　ほんとうは次郎が「俺の墓」と書くつもりで、いかにも彼らしくて面白いと思っていたが、それは果たさずに終ったため、不動明王の種子《しゅじ》（梵字《ぼんじ》）を彫った。ついでに私の墓も造って貰ったので、その方は十一面観音の種子にした。別に観音さまを信仰しているわけではないが、前に『十一面観音巡礼』という本を書いた御縁による。

　それでもさしさわりがあるといけないと思い、回峯行《かいほうぎょう》の光永阿闍梨《あじゃり》にうかがうと、「似合っていれば何でも構わない」といって下さったので、安心してそのようにした次第である。完成したのは一周忌の頃で、土壇を築くのも、墓石を建てるのも、みなお手の物の友達だけでして下さったのはうれしかった。次郎もきっと喜んでくれたと思う。

はじめは花筒も線香を立てる台もなかったが、それらはだんだんに揃えて行った。墓は兵庫県の三田にあるが、丹波に近いので陶土があり、福森雅武さんが墓の土で花立てを造り、線香を立てるのには陶器のサヤを用いた。形ばかりの祭壇も出来たし、休むための縁台も作ったので、今は人を待つばかりである。その人とは、もちろん私のことであるのは断わるまでもない。

ついでのことに書き加えておくと、兵庫県の三田では遠すぎて、墓参して下さる方に迷惑をかけるため、私が住んでいる家の一隅にも小さな墓を建て、次郎が生前に愛した食器その他、こまごましたものを埋めた。別に供養塔とか詣墓を気どったわけではなく、偶然私が持っていた鎌倉時代の三重塔が役に立った。私が留守の時でも、花が供えてあったりして、ひそかに参って下さる方たちがあるのをかたじけなく思っている。

（『芸術新潮』一九八九年八月号）

竜女成仏

そもそも芸能とは、諸人の心を和らげて、上下の感をなさんこと、寿福増長のもとゐ、かれい（遐齢）延年の方なるべし。きはめきはめては、諸道ことごとく寿福延長ならんとなり。（風姿花伝第五）

世阿弥が世の中のすべての芸能に望んでいた信念とは、そういうものであった。一種の幸福論である。それは宗教とは隣りあわせのもので、自分が救われぬところに、見物にも真の悦びを味わせることはできぬ。そう信じていたから工夫をつくして技を磨いたので、「道のためのたしなみには、寿福増長あるべし。寿福のためのたしなみには、道まさに廃るべし」——これは現在そこらでざらに見うけられる風潮で、お金だけのために努力をしても、けっして成功しないことを語っている。金儲けを名声と言い直しても大差はない。名声の上にあぐらをかいていては道は廃れる。名声がつもりつもって今日の大をなしたのではなく、死ぬまで工夫をつくしたから世阿弥は人生の達人になったのである。

　諸人を仕合せにするためには、すべての人を成仏させなくてはならない。が、極楽を描くより地獄の方が複雑である。そこには一人一人の人間のドラマがあり、物語がある。「天女の舞」がむつかしいと世阿弥がいったのは、単純すぎて語ることがないためだろう。極楽なんて退屈だというのは現代人のさかしらで、当時は「往生要集」の思想がしっかりと定着していたことを忘れてはなるまい。

　中でも女人は救いがたい存在であった。女人は生れながらにして五障の罪（欺・怠・瞋・恨・怨）を背負っており、そのために成仏することがむつかしい。じっくり胸に手をあてて考えてみれば、一々思い当るふしがあり、別に男性上位の社会だからそういう結果になったとも考えられない。女の私がそんなことをいうと叱られるかも知れないが、ほんとにそうなんだから仕方がない。文句があるならいつでも受けて立ちましょう――これは笑談だが、世阿弥にとってもろもろの罪に悩まされた女はまことに都合のいい対象であったに違いない。

　だからといってまったく救いがなかったわけではない。「変成男子《へんじようなんし》」という言葉は今は変な意味に使われているが、もとは法華経のダイバダッタ論から出た言葉で、八歳の竜女《りゆうによ》が仏の功力《くりき》によって男性に変身し、成仏するという説話にもとづいている。

例によって釈迦の説法の舞台は気が遠くなるほど尨大で、何千何万という如来や仏弟子や竜宮や城廓や七宝の蓮華などが降る中で行われる一大ページェントだから、それらは省くとして、そこに一人のいたいけな童女がいた。ことし八歳になるサーカラ竜王の娘である。釈迦の説法は深遠なので、とても子供なんかに理解できないと思っているとさにあらず。彼女は三千大千世界に値いする宝珠をもっており、世尊にそれを捧げると世尊はそれを快く受けいれ、彼女はその場で悟りの境地に入るのであった。

まったくそれだけでは何のことかわからない。悟りは理窟ではなく、忽然とおとずれるものだからである。そのためには私が面倒くさくて省いた大きな舞台が必要で、ただ読んでいる間に何だかわからないけれども大海に浮んでいるような好い気分になって来る。夢を見ているような恍惚とした雰囲気になる。奇跡はそんな時にしか起らない。

これでは禅問答みたいになって読者に不親切だから、逆にささやかな日本の能舞台の片隅で起ったこれまた実にささやかな「事件」について申し述べたい。

「采女《うねめ》」というお能がある。采女とは天皇に仕えた上﨟で、昔、奈良の帝《みかど》の采女が天皇の心変りを深く怨み、猿沢の池に身を投げて空しくなった。

吾妹子《わぎもこ》が寝ぐたれ髪を猿沢の
池の玉藻と見るぞ悲しき

と、御心《みこころ》にかけて下さったのはありがたいが、それ以上に君を恨んだ執心の呵責は堪えがたい。妾はその采女の幽霊です、と名のって池水に入ってしまう。

後シテは薦たけた采女の幽霊で、草木国土悉皆成仏という仏の誓いに背かぬものならば、世の中のありとあらゆるものは成仏するにきまっている。

「ましてや、人間においてをや。竜女がごとく我もはや、変成男子なり、采女とな思ひ給ひそ」

ここでシテは左の袖を返し、ワキの僧をじっくりと見こむ。ただそれだけのことなのだが、その瞬間、美しい女がふっと男に成る。それもほんの一瞬のことで、すぐ女に戻るのであるが、「物真似」の流れの中で変るので、一つ一つの型を分析するわけに行かない。

説明しすぎることはしたくはないが、「采女」の前シテでは、春日の山に樹の苗を植えるところにはじまる。ただ植えるのではなくて、地の底まで達するようにつきさす。これを一種の性行為の象徴と見なすこともできるが、前シテのこの型と、後シテの「変成男子」とは、そういうところで照応しているのである。

一番わかりやすいのは女性が演じてみることで、ちっとも男らしくなれないか、または気負いすぎて凄んでみせるか、少くとも滑稽に見えなければ上々というべきだろう。

滑稽に見えなければいいなんて、お能の中に入らない。子供の時からあれほど能の世界にいりびたった私が、ふっつり舞うことをあきらめたのは、このことが見えたからである。五十年やったから悟ったというべきか。そこで扇を筆に持ちかえたが、仕事をかえたところで女の業に変りはない。また、一から出直すこととなったが、五十年の失敗の歴史があったことは私にとっての幸いであった。

五障の罪をもっていることでは、さしずめ「道成寺」の清姫などはその最たるものであろう。安珍・清姫の物語は一般に知れわたっているから、説明するにも及ぶまい。能の道成寺はその後日譚ともいうべきもので、清姫の霊が白拍子に化けて、いとしい人を焼き殺した鐘の供養に現れる。そこで美しい舞を舞ってみせている間に、突如竜（大蛇）の本性をあらわし、大音響とともに鐘が落ちる。再び鐘が鐘楼にあがった時には、白拍子は竜と化しているが、最後には住僧たちの祈りに屈服し、日高川へ飛びこんで終りとなる。

「道成寺」の作者はわかってはいない。寺には絵ときのための絵巻物もあるが、室町時代の作で、実際には非常に古くから伝わった民話が、次第に多くのものを吸収して成立ったものに相違ない。上掛り《かみがかり》（観世・宝生）では主人公は若い娘ということになっているが、下掛り《しもがかり》（金春・金剛・喜多）の諸流では、年増の寡婦で、その方が装束その他地味なつくりであるにも拘わらず、孤閨の寂しさから美男の僧にうつつをぬかした執念に真実味が感じられる。一般的にいって、上掛りの能ははでで見せ場が多く、下掛りの方は内面的なリアリズムの点ではすぐれていると思う。

今もいったように、「道成寺」の最後は日高川に飛びこんで（幕に入って）終る。が、それだけでは完全に成仏したことにはならない。で、能の作者は、「望み足りぬと験者たちは、わが本坊にぞ帰りける、わが本坊にぞ帰りける」の一句を足すことによって辻褄を合せるが、何としてもとってつけの感をまぬかれない。ワキの僧たちもさぞ演じにくいであろう。おそらく「道成寺」の先行曲は、日高川に飛びこんだところで終ったので、当時の見物にとっては、それだけでは何とも落着きが悪かった。別言すれば、「寿福増長のもとゐ、遐齢延年の方」にはずれていたからだ。ワキも鎮魂の役をなくして、引っこみがつかなかったに違いない。で、よけいな言葉をつぎたすことになったが、そういう信仰が薄れてしまった今日、はじめの形に還して演じてみるのも一興であろう。

さて、法華経では、竜王の八歳になる娘が忽然と悟ったことになっている。私は仏教を研究したことはないのであくまでも素人の想像にすぎないが、竜は異界の住人で、神に近い神聖な動物である。その八歳の娘が悟ったというのは、それが少年ではなくて、無垢な女というところに大きな意味があると思う。彼女にはまだ男女の別はなく、世間の塵に汚されてもいない。その存在は仏にささげた宝珠に象徴されており、仏が受けいれたことによって成仏した、もしくは成仏を約束されたことを証している。罪深い女人にとってそれは「希望」を表わしており、法華経というのは仏教の教理というより、一つの大きな物語のような感じがする。

そういう風に考えると、先の「采女」も竜女の一人といえよう。人間の肉体は、猿沢の池に入って死に、竜女となって生れ変った。変成男子と竜女は同義語で、生身の采女はもう此世にはいない。竜は鳳凰や麒麟と同じく想像上の産物だが、何もないところから人はものを造り出せない。竜に関する本を読むと、蛇、とかげ、がま、コブラ、むかで、ふか、わに等々のほかに、雷、稲妻、竜巻、つむじ風、大雨などの自然現象にも古今東西の人々は竜を想像した。もしかすると、人間が生れる前の遠い祖先の恐竜の記憶もかすかに残っていたかも知れない。砂漠とはちがって、おだやかな風土のわが国では、ヤマタノオロチでもちょっと役不足で、いまだに大蛇に止どまっている。まして、いもりやとかげではダメである。そんな小動物より自然現象と結びつきやすかったのは、雷や稲妻が神として怖れられていたからだろう。雨乞いの祈りには必ず竜が参加して、次第に水と竜とは切離せないものとなって行った。

お能にも竜や竜宮がまったく現れないわけではない。その場合の竜は中国か朝鮮と関係があり、日本人にとって大蛇のように身近な存在ではなかった。

能の「海人《あま》」は、「珠取《たまと》り」の伝説でよく知られており、わが子のために竜宮へ宝珠を奪いに行く物語である。讃岐の国、志度寺《しどじ》の縁起に原典があって、能楽以前のさまざまな芸能に脚色されていたらしい。

「あの波の底には竜宮がある」と信じて、平家の人々が入水したように、此世とは別の美しい国が多くの竜神に守られて海中にあった。「海人」の能では、中国から宝珠が日本へ送られてくる途中、讃岐の沖合いで竜神にぬすまれた。それを一人の海人が取返しに行くという「物真似」劇としては最高の演出である。

シテは命綱一本だけを腰につけ、もし珠を取り得たのなら、この縄を動かそう、「その時人々力をそへ、引上げ給へと約束し、一つの利剣をぬきもつて」——もうその時は女ではなく、男に変っている。

かの海底に飛び入れば、空は一つに雲の波、煙の波をしのぎつつ、海漫々《かいまんまん》と分け入りて、直下《ちよくか》と見れども底もなく、ほとりも知らぬ海底に、そも神変《じんぺん》はいざ知らず、とり得んことは不定《ふぢやう》なり。

と、一旦はひるむが、また心を取り直して、竜宮の中に飛びこむと、その勢に竜神たちが押されたすきに珠を盗んで逃げようとする。そうはさせじと追っかける悪竜《あくりよう》どもの目の前で乳の下をかき切り、珠を押しこめて倒れ伏した。竜神たちはいちじるしく死人を嫌ったので、あたりに近づくものはなく、かねて約束した綱を引くと、海人はめでたく海上に浮み出たというのである。

昔の物語はそこまでで終ったと思うが、能にはまだ成仏させるという仕事が残っている。後シテは美しい竜女の姿で登場するが、それは八歳の竜女が悟達したという法華経の説話に則っている。「海人」の能の終りはやや志度寺の宣伝のような形になっているが、もしかすると本音ははじめからそこにあったのかも知れない。竜には宝珠がつき物で、よく玉をくわえた竜の絵などを見ることがあるが、それは法華経に描かれた竜女の宝珠を示すとともに、人間が行くことのできない竜宮の象徴でもあったからで、浦島太郎の物語も、山幸彦の神話も、海と関係の深い海洋民族が考えた極楽であったろう。

（『新潮』一九九四年七月号）

手を合わせる

手を合わせるというのは、古今東西を通じて、神に祈る時のかたちである。

そこに十字架とか、マリア様とか、神像や仏像のたぐいがある時はやりやすい。人に祈ることを教えるためにそういう目標を作ったのではないか、と思うことさえある。

だが、もし盲人の場合はどうするのか。自分の心に対して手を合わせることしかできないだろう。それをイメージと呼ぶのかも知れないが、心は心が思っているほどじっとしているものではない。しじゅう妄念を生じたり、右往左往する厄介な代物だ。そういう時、私は手を合わせる。手を合わせていると、右の指先から左の指先へ血が通い、その逆にも行くようになって、次第にバランスがとれて落ちついて来る。それは気分だけのことだろうが、今もそういう風にしてこの原稿を書いた。

（『季刊銀花』一九九六年六月一〇六号）

解説「かそけきもの」

青柳　恵介

一九六四年十月、東京オリンピックが開催されて沸きに沸いている東京をあとにして、白洲正子は西国三十三ヶ所巡礼の旅に出た。時に五十四歳。老年期にさしかかり始めた年齢である。よく言われるように東京オリンピックは戦後の経済復興のエポックであったが、白洲正子の西国巡礼も、彼女の人生のエポックであった。翌年三月に淡交新社から『巡礼の旅―西国三十三ヶ所』を刊行し、これが一九六七年の『栂尾高山寺《とがのおこうさんじ》　明恵上人《みようえしようにん》』、一九七一年の『かくれ里』、一九七四年の『近江山河抄』、一九七五年の『十一面観音巡礼』と繋がって行くのである。本書においてもたびたび西国三十三ヶ所巡礼の話題が出てくることからも窺《うかが》えるように、この経験は重い。老年の白洲正子を決定したと言ってもいいかもしれない。

晩年の著作『白洲正子自伝』の最終章は「西国三十三ヶ所観音巡礼」である。八十歳をこした白洲さんが五十四歳の西国巡礼で『自伝』を終えているということは、これ以降は自分に大きな変化はないと宣言しているように思われる。このことからも右の結論は確認できるのである。『自伝』では、第一番の札所の熊野の那智にでかけ、那智の滝に出会った時の思い出をこう書いている。

その時、私の胸に浮かんだのは、滝とは何の関係もない釈迢空《しやくちようくう》の歌であった。説明なんかしたくないし、また出来もしない。ただ、縁あってかくも神々しい風景にめぐり会えたことの不思議さに、一瞬私は滝と同化したような奇妙な感動に打たれた。

　ちぎりあれや山路のを草莢《さや》さきて
　種とばすときに来あふものかも

迢空のこの歌は本書の「志摩のはて」にも引かれているが、白洲さんの愛唱歌の一つである。奇しくもめぐりあうこのような風景との「同化」の経験は巡礼の中でいくつも重ねられたと思われる。またこうも言う。「生まれつき持っていたものを、西国巡礼をすることにより、開眼したといえようか。或いは自分自身に目ざめたといい直してもよい。それから後、私はよそ見をしないようになった。相変らず信仰は持っていないのだが、自分が行くべき道ははっきりと見えて来た」と。日本人の死生観、日本の神仏混淆《こんこう》も、この旅の経験の中で白洲さんははっきりと掴んだのである。

もっとも、『巡礼の旅―西国三十三ヶ所』（その後は『西国巡礼』と改題）という本については本書の「志摩のはて」で、「この仕事は、自分としては、不満な結果に終わったが」と記しているように、経験はすぐには文章に形象化しなかったようだ。「あんな大事なことをあんなお手軽な本で書くなんて」と、小林秀雄からこっぴどく叱られたという話を私は聞いたこともある。しかし、西国巡礼の旅で白洲正子は、「志摩のはて」で引用されている折口信夫《おりくちしのぶ》の言を借りれば「曾《かつ》ては祖々《おやおや》の胸を煽《あお》り立てた懐郷心」を身体の奥底にしかと継承したのであり、それに基づいて日本人の信仰について何事か書くことの基本的な態度を決めたのである。それが西国巡礼以後の白洲さんの仕事の出発点になったことは確かであろう。

本書に繰り返し話題となっている補陀落渡海《ふだらくとかい》と関連して、益田勝実の「フダラク渡りの人々」（『火山列島の思想』所収）という論文を読んで受けた感動を私は思い出さずにはいられない。中世に見られる数々の「フダラク渡り」及びその周辺の「実例」を知って私は衝撃を受けたし、平 維盛《たいらのこれもり》の入水をめぐり、柳田国男が山路愛山から「熊野には昔は自殺を奨励する信仰がおこなわれたのではあるまいか」と言われたことがあるという紹介も、私は今も熊野に行くたびに思い出す。今「フダラク渡りの人々」を読み返すと、紀伊半島の南端という「日本のさいはての地」から観世音菩薩のいますフダラク山をめざし、一方ではそこにたどり着くことができぬことを明確に自覚しながら海に出て行った人々の心に、益田勝実は「〈生〉の意識と〈死〉の意識のふしぎな重なり合い」があっただろうと想像する。それはまさにフダラク信仰の核心をついているだろう、と思う。益田勝実の「フダラク渡り」は学術論文ではあるけれども、白洲さんの補陀落信仰を語る文章と響き合うものを私は感じるのである。

益田勝実の言う「〈生〉の意識と〈死〉の意識のふしぎな重なり合い」は再生の願望に通じるだろう。乱暴な飛躍を許していただきたいが、西国巡礼に旅立った白洲正子を衝き動かしていたのは再生の願望であったと思う。『自伝』で「説明なんかしたくないし、また出来もしない」と避けているけれども、迢空の歌の「種とばすとき」とは、ある意味で過去を清算し、新たな道を歩もうとした「とき」であり、那智の滝の荘厳な姿、腹の底に響く滝の音、それは自然の割れ目から超越的なものが姿を現した「とき」であったに違いない。白洲正子も「〈生〉の意識と〈死〉の意識のふしぎな重なり合い」の中で、滝に「同化」したのではないだろうか。

白洲正子は国宝「那智滝図」（根津美術館）をこよなく愛した。これは死の静寂と生の躍動が一つの画面に共存している不思議な絵である。ただ、滝を描いているけれど、滝の上には月が浮かび、これが単なる風景画ではなく、宗教画であることを示している。神と言ってもいいかもしれないし、仏と言ってもいいかもしれないが、人間の生死を超越する自然の力が絵から感じられる。白洲さんはこの絵から遠雷のような音をも聞いていたのだろう。

本書には『近江山河抄』から「あかねさす　紫野」と「沖つ島山」を採録した。近江を愛した白洲さんが近江の中でも格別に愛着をもった場所であるからである。西国巡礼の三十一番札所が近江の長命寺であり、三十二番札所が観音正寺である。観音正寺の建つ繖山《きぬがさやま》は、登るのにきつい山だ。巡礼の旅をしていた白洲さんが長命寺を出たときに日は既に西に傾き標高がそう高くはないからと、たかを括ってしまったが、岩がゴロゴロ転がっている坂道を登るのに疲れ、へとへとになり、山を降りる時には月明かりを頼ってのことであった由。山の下に待たせておいたタクシーの運転手さんが心配して迎えに来てくれたという。しかし、山上から見下ろした蒲生野の景色は美しく、三十三ヶ所の中でも最も印象深い寺であったようだ。

繖山から尾根を伝うと、近江源氏の佐々木氏の山城跡があり、さらに尾根は安土城跡まで続く。その尾根からは眼下に西の湖が眺められる。かつては長命寺の麓の細江は安土まで続いていたのである。まことに眺めの良い所で、巨石もあり、いかにも白洲さんの好きそうな場所である。近江散歩を試みている白洲正子は西国巡礼の旅を反芻しながら、かけ足の旅で見落としたものを改めて眺めている様子が二編のエッセイから読み取れるであろう。

旅に出る白洲さんはいつも五万分の一の地図と磁石を携帯した。案内する知人が運転する車に乗る時も車上で地図を広げ、自分のいる位置を確認しながら、このルートで行ってくれないかと注文を出したり、あの山は何々山かと尋ねたりして、目的地に着くまで人任せにはしなかった。何か口の中でむにゃむにゃ言って、いかにも反芻している様子であった。地図には所々赤鉛筆で丸印が付けられており、旅に出る前におそらくは吉田東伍の『大日本地名辞書』を広げて気にかかる地名に印を付けたのだと思うが、そのチェックポイントを必ず押さえつつ目的地に向かうのである。私が同行した旅は数多くないし、既に白洲さんは七十を越していられたから、七十になる前の旅がどうであったかは知らない。それでも「そうか」と独りごちたり、首をかしげて景色を眺めている様子は昔からそうであったのだろうと想像された。その流儀はやはり西国巡礼の旅に始まるものであったのだろう。

本書は以下の各書籍および単行本未収録作品から抜粋・構成したものです。
ワイアンドエフ（現・メディア総合研究所）刊『ほとけさま』『ひたごころ』『舞終えて』、世界文化社刊『日月抄』『風花抄』『夢幻抄』『独楽抄』『行雲抄』、新潮社刊『夕顔』『両性具有の美』、講談社刊『古典の細道』『近江山河抄』『十一面観音巡礼』、法蔵館刊『新版私の古寺巡礼』、河出書房新社刊『たしなみについて』
各作品は、新潮社刊『白洲正子全集』第一〜十四巻（二〇〇一〜二〇〇二）を底本としました。

編集付記

・表記については、底本とした『白洲正子全集』の新字・新かなづかいによった。
・作品の配列はおおむね発表年代順としたが、前後の関係から不同とした場合もある。
・各作品の末尾に作品の掲載初出を示した。不詳のものは「初出不詳」などとした。
・本書の作品名が原題と違う場合は、その原題を付記した。
・写真省略などにより底本の本文と相違が出る場合は、括弧で注記した。
・本文中には、今日の人権問題の見地に照らして、不当・不適切と思われる表現があるが、著者が故人であることと作品の時代背景を鑑み、原則的に底本のままとした。

かそけきもの

白洲正子《しらすまさこ》エッセイ集《しゅう》〈祈《いの》り〉

白洲正子《しらすまさこ》　青柳恵介《あおやぎけいすけ》＝編

平成27年 6月25日　初版発行
令和6年 12月15日　8版発行

発行者●山下直久

発行●株式会社KADOKAWA
〒102-8177　東京都千代田区富士見2-13-3
電話　0570-002-301（ナビダイヤル）

角川文庫 19245

印刷所●株式会社KADOKAWA
製本所●株式会社KADOKAWA

表紙画●和田三造

●お問い合わせ
https://www.kadokawa.co.jp/（「お問い合わせ」へお進みください）
※内容によっては、お答えできない場合があります。
※サポートは日本国内のみとさせていただきます。
※Japanese text only

ISBN978-4-04-409485-0　C0195

角川文庫発刊に際して

角川源義

第二次世界大戦の敗北は、軍事力の敗北であった以上に、私たちの若い文化力の敗退であった。私たちの文化が戦争に対して如何に無力であり、単なるあだ花に過ぎなかったかを、私たちは身を以て体験し痛感した。西洋近代文化の摂取にとって、明治以後八十年の歳月は決して短かすぎたとは言えない。にもかかわらず、近代文化の伝統を確立し、自由な批判と柔軟な良識に富む文化層として自らを形成することに私たちは失敗して来た。そしてこれは、各層への文化の普及滲透を任務とする出版人の責任でもあった。

一九四五年以来、私たちは再び振出しに戻り、第一歩から踏み出すことを余儀なくされた。これは大きな不幸ではあるが、反面、これまでの混沌・未熟・歪曲の中にあった我が国の文化に秩序と確たる基礎を齎らすためには絶好の機会でもある。角川書店は、このような祖国の文化的危機にあたり、微力をも顧みず再建の礎石たるべき抱負と決意とをもって出発したが、ここに創立以来の念願を果すべく角川文庫を発刊する。これまで刊行されたあらゆる全集叢書文庫類の長所と短所とを検討し、古今東西の不朽の典籍を、良心的編集のもとに、廉価に、そして書架にふさわしい美本として、多くのひとびとに提供しようとする。しかし私たちは徒らに百科全書的な知識のジレッタントを作ることを目的とせず、あくまで祖国の文化に秩序と再建への道を示し、この文庫を角川書店の栄ある事業として、今後永久に継続発展せしめ、学芸と教養との殿堂として大成せんことを期したい。多くの読書子の愛情ある忠言と支持とによって、この希望と抱負とを完遂せしめられんことを願う。

一九四九年五月三日